图书在版编目(CIP)数据

小河男孩/(英)蒂姆·鲍勒著;麦倩宜译.——天津:新蕾出版社,2019.3(2022.5重印)
(国际大奖小说:成长版)
书名原文:River Boy
ISBN 978-7-5307-6810-5

Ⅰ.①小… Ⅱ.①蒂…②麦… Ⅲ.①儿童小说-长篇小说-英国-现代 Ⅳ.①I561.84

中国版本图书馆 CIP 数据核字(2018)第 294612 号

River Boy ⓒ Tim Bowler, 1997
This translation of River Boy originally published in English in 1997 is published by arrangement with Oxford University Press.
ALL RIGHTS RESERVED
津图登字:02-2008-402

书　　名	小河男孩　XIAOHE NANHAI
出版发行	天津出版传媒集团 新蕾出版社
	http://www.newbuds.com.cn
地　　址	天津市和平区西康路 35 号(300051)
出 版 人	马玉秀
电　　话	总编办 (022)23332422 发行部 (022)23332351　23332679
传　　真	(022)23332422
经　　销	全国新华书店
印　　刷	天津新华印务有限公司
开　　本	895mm×1370mm　1/32
字　　数	100 千字
印　　张	6
版　　次	2019 年 3 月第 1 版　2022 年 5 月第 8 次印刷
定　　价	24.00 元

著作权所有,请勿擅用本书制作各类出版物,违者必究。
如发现印、装质量问题,影响阅读,请与本社发行部联系调换。
地址:天津市和平区西康路 35 号
电话:(022)23332677　邮编:300051

一辈子的书

梅子涵

◆亲近文学◆

　　一个希望优秀的人，是应该亲近文学的。亲近文学的方式当然就是阅读。阅读那些经典和杰作，在故事和语言间得到和世俗不一样的气息，优雅的心情和感觉在这同时也就滋生出来；还有很多的智慧和见解，是你在受教育的课堂上和别的书里难以如此生动和有趣地看见的。慢慢地，慢慢地，这阅读就使你有了格调，有了不平庸的眼睛。其实谁不知道，十有八九你是不可能成为一个文学家的，而是当了电脑工程师、建筑设计师……可是亲近文学怎么就是为了要成为文学家，成为一个写小说的人呢？文学是抚摸所有人的灵魂的，如果真有一种叫作"灵魂"的东西的话。文学是这样的一盏灯，只要你亲近过它，那么不管你是在怎样的境遇里，每天从事怎样的职业和怎样地操持，是设计房子还是打制家具，它都会无声无息地照亮你，使你可能为一个城市、一个家庭的房间又添置了经典，添置了可以供世代的人去欣赏和享受的美，而不是才过了几年，人们已经在说，哎哟，好难看哟！

　　谁会不想要这样的一盏灯呢？

◆ 阅读优秀 ◆

文学是很丰富的,各种各样。但是它又的确分成优秀和平庸。我们哪怕可以活上三百岁,有很充裕的时间,还是有理由只阅读优秀的,而拒绝平庸的。所以一代一代年长的人总是劝说年轻的人:"阅读经典!"这是他们的前人告诉他们的,他们也有了深切的体会,所以再来告诉他们的后代。

这是人类的生命关怀。

美国诗人惠特曼有一首诗:《有一个孩子向前走去》。诗里说:

> 有一个孩子每天向前走去,
> 他看见最初的东西,他就变成那东西,
> 那东西就变成了他的一部分……

如果是早开的紫丁香,那么它会变成这个孩子的一部分;如果是杂乱的野草,那么它也会变成这个孩子的一部分。

我们都想看见一个孩子一步步地走进经典里去,走进优秀。

优秀和经典的书,不是只有那些很久年代以前的才是,只是安徒生,只是托尔斯泰,只是鲁迅;当代也有不少。只不过是我们不知道,所以没有告诉你;你的父母不知道,所以没有告诉你;你的老师可能也不知道,所以也没有告诉你。我们都已经看见了这种"不知道"所造成的阅读的稀少了。我们很焦急,所以我们总是非常热心地对你们说,它们在哪里,是什么书名,在哪儿可以买到。我就好想为你们开一张大书单,可以供你们去寻找、得到。像英国作家斯蒂文生写的那个李利一样,每天快要天黑的时候,他就拿着提灯和梯子走过来,在每一家的门口,把街灯点亮。我们也想当一个点灯的人,让你们在光亮中可以看见,看见那一本本被奇特地写出来的书,夜晚梦见里面的故事,白天的时候也必然想起和流连。一个孩子一天天地向前走去,长大了,很有知识,很有技能,还善良和有诗意,语言斯文……

同样是长大,那会多么不一样!

◆ 自己的书 ◆

优秀的文学书,也有不同。有很多是写给成年人的,也有专门写给孩子和青少年的。专门为孩子和青少年写文学书,不是从古就有的,而是历史不长。可是已经写出来的足以称得上琳琅和灿烂了。它可以算作是这二三百年来我们的文学里最值得炫耀的事情之一,几乎任何一本统计世纪文学成就的大书里都不会忘记写上这一笔,而且写上一个个具体的灿烂书名。

它们是我们自己的书。合乎年纪,合乎趣味,快活地笑或是严肃地思考,都是立在敬重我们生命的角度,不假冒天真,也不故意深刻。

它们是长大的人一生忘记不了的书,长大以后,他们才知道,原来这样的书,这些书里的故事和美妙,在长大之后读的文学书里再难遇见,可是因为他们读过了,所以没有遗憾。他们会这样劝说:"读一读吧,要不会遗憾的。"

我们不要像安徒生写的那棵小枞树,老急着长大,老以为自己已经长大,不理睬照射它的那么温暖的太阳光和充分的新鲜空气,连飞翔过去的小鸟,和早晨与晚间飘过去的红云也一点儿都不感兴趣,老想着我长大了,我长大了。

"请你跟我们一道享受你的生活吧!"太阳光说。

"请你在自由中享受你新鲜的青春吧!"空气说。

"请你尽情地阅读属于你的年龄的文学书吧!"梅子涵说。

现在的这些"国际大奖小说"就是这样的书。

它们真是非常好,读完了,放进你自己的书架,你永远也不会抽离的。

很多年后,你当父亲、母亲了,你会对儿子、女儿说:"读一读它们,我的孩子!"

你还会当爷爷、奶奶、外公和外婆,你会对孙辈们说:"读一读它们吧,我都珍藏了一辈子了!"

一辈子的书。

目 录

第一章　启程 …………………………… 001
第二章　抵达爷爷出生的地方 ………… 016
第三章　初游小河 ……………………… 028
第四章　河边作画 ……………………… 034
第五章　爷爷倒下了 …………………… 044
第六章　艾尔福来访 …………………… 049
第七章　浏览河景 ……………………… 057
第八章　探询小河男孩 ………………… 063
第九章　夜里看到小河男孩 …………… 072
第十章　爷爷失踪了 …………………… 077

第十一章	夜晚再遇小河男孩	099
第十二章	放弃作画	104
第十三章	与小河男孩初次对话	110
第十四章	完成画作	118
第十五章	感激	129
第十六章	小河源头	135
第十七章	顿悟	146
第十八章	游向大海	151
第十九章	爷爷去世了	159
第二十章	河葬	167

第一章　启程

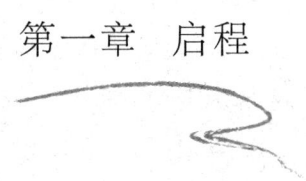

　　小河男孩并非整个故事的开头,故事是从爷爷以及游泳开始的。只是杰西后来回想时才领悟到,小河男孩自始至终都以一种奇异的方式伴随着她,如梦中幻境。

　　早上九点半,游泳池里便已经挤满了人。这就是暑假的坏处,尤其是像今天这样的大热天。她知道自己不该抱怨,因为她从早上六点半就和这群真正热爱游泳的人一起游到现在,而且她还不受干扰地游了四英里。

　　但她还是禁不住要抱怨:单是看到泳者如下饺子般扑通入水,便已令她沮丧得想大声呐喊了。她还不打算停下来,至少还要游一大段,她觉得体内还有使不完的劲儿有待消耗。她顽强地在泳道中一寸一寸破浪前进,试着避开其他人溅起的水花。有时她觉得如果自己努力在同一泳道中不断地来回游动,游泳池中的其他泳者便会有某种集体的心灵感应,接受并允许她可以独占这条泳道,于是自动给她

River Boy

让地方。但是今天这招儿却丝毫不管用：泳者们几乎是几十个人一起往池子里跳，照此下去，过不了十五分钟这里就要人满为患，挤得令人受不了了。

她继续划水前进，呼吸节奏一如往常地和划水动作同步，如时钟般精准。她将嘴露出水面，努力吸一口气，接着再面朝下做缓慢、平稳的吐气动作。嘴里吐出的气泡如同小鱼般逗弄着她的双唇。

她非常喜爱这种节奏与韵律，每当她的思绪开始凌乱时，这种节奏会让她的思路变得清晰。有时候，当诸事顺利、信心满怀、内心踏实而愉悦时，她乐意让思绪游走；但如果她感到疲倦、脆弱或担心爷爷时，便会将注意力集中在这种节奏与韵律上以获得平静，即使不是在游泳时，也有相同的功效。

但她几乎总是在游泳，因为她需要游泳。

若被剥夺了游泳的乐趣，那她就会如溺水般难过。她爱那种力量与速度结合的感受，以及置身于闪亮泡沫形成的水床中的感觉，甚至也爱那种潜入水中、被水包围的奇异感受。长距离游泳需要技术与意志，她知道自己这两者都不弱。她现在只需要坚定自己的意志，接受这项重大的泳技挑战，当作一次对自我的测试，日后她将会以此为荣。

她听到爷爷在呼唤着她：

"杰西,继续往前游!"

在冲过爷爷身旁时,她向他瞄了一眼,暗自笑着。她知道"继续往前游"是什么意思,亲爱的爷爷才来了不到二十分钟便觉得无聊了。他现在该清楚,他永远骗不了她或其他的人。爷爷的注意力向来持续不了多长时间,画画时除外,但即使那时他的脾气也仍然不好。不过不知为何,他总爱来看她游泳。

她到达游泳池的边沿后便转身蹬壁往回游,同时再次搜寻爷爷的身影。爷爷绕到了游泳池的浅水区附近,站在那儿看孩子们戏水。看样子爷爷已经打算走了,但是她想也许还可以赶在结束前再游几趟。她加速朝爷爷的方向游去,但不知什么原因,心里总有些难以名状的感觉。浅水区的孩子们在前方挡住了她的道,但等她接近时便散开了。她打算穿过那群孩子时,曾想过是否应该停下来。

爷爷又朝她叫嚷:"没事,杰西,继续游。"于是她又一次蹬壁往回游。突然她感到极度不舒服,觉得有些不对劲,却不明白到底是怎么一回事。爷爷的声音在她的耳畔响起:"没事,一切都很好。"但是爷爷一向爱讲反话,这说明他在试图隐瞒什么。他是一个既顽固又骄傲的老家伙,总是说没事,一切都很好。

尤其真有事发生时,他更是如此。她骤然停了下来,在

River Boy

水中走着,目光四处搜寻着爷爷。只见他仍然站在浅水区附近看着孩子们玩儿水,看起来很正常,跟以前没有什么不同,只是有点儿无聊罢了。也许她的担心是多余的,爷爷也看到了她,抬起手来正要朝她挥手。

紧接着,她惊恐万状地看着眼前发生的一切:爷爷紧捂着胸口,跌入池中。

医院只留得住他三天,虽然他本该待更长时间。但爷爷毕竟是爷爷,他觉得自己已经好些了,便立刻打电话叫了辆出租车。在医生、护士错愕的目光中,以及那个担心他的车会变成灵车的出租车司机的抗议声中,爷爷自行出院。他告诉那个已暴跳如雷的健康顾问,因为他 8 月 20 日将和家人去度假,而今天已经是 19 日了,所以他得回去收拾行李。

就这样,爷爷回家了。

她知道这是不对的,虽然她也想看到爷爷回来,但是当她第一眼看到爷爷时,便知道这次他又"一意孤行"了。爷爷回到家时面容枯槁,大家立即把他扶到床上去。他看起来连动一动都成问题,更别说去度假了。

第二天早上,拗不过爷爷的坚持,家人只得开始打包行李,但爸爸逼着爷爷同意打电话叫费尔布斯医生出诊。杰西挺喜欢费尔布斯医生的,但是当她听到他快到她家门口时,还是决定回到楼上自己的房间里。她早就知道结果如何:爷爷决定要做的事,任凭谁都改变不了,如果他决定去度假,那么任何人说什么或做什么都改变不了他的计划。即使费尔布斯医生的脾气很好,恐怕也说服不了他。

她坐在桌前,凝视着陈列在架子上的游泳奖牌,以及立在其中的生日卡,而爷爷送的那张则是最有趣、最显眼的。现在不论是这些游泳奖牌还是自己已经十五岁的事实,都似乎不重要了。

她皱着眉头,目光游移至窗外被前往市中心的轿车、公交车和出租车塞满的街道上。快乐假期似乎真的很遥远。

不一会儿,她听到敲门声。杰西头也不回地应道:"妈,请进。"

妈妈走了进来,拍着她的肩膀问道:"我们的敲门声你都分辨得出来呀?"

杰西抬头看着妈妈,试着挤出一丝微笑道:"应该可以吧。费尔布斯医生走了吗?"

"已经走了。"

"他觉得爷爷的情况很糟吗?"

"也不算很糟,只不过……你知道的……"

"是爷爷的老毛病?"

妈妈笑着回答:"没错,就是爷爷的老毛病。"

River Boy

"我们还去度假吗？"

"去呀！"

杰西叹气道："他不该回家的，而我们也不该去度假。他还没完全好呀。"

"我知道，但是我们也别净往坏处想。因为他顽固得要命，可能会为了证明我们都错了，而搞出什么新花样呢。"

杰西沉着脸趴在桌上说："我还是认为他应该待在医院里。"

"唉，你没法儿改变他的。"妈妈回应道，"你知道他的脾气。我和你爸爸都不希望这样。万一他在度假时有什么情况，在那偏僻的地方，可不是那么容易就能送他到医院的。可是既然他已经打定了主意要去，我们就只能寄希望于度假会对他的身体有些帮助吧！"

"他需要的是休息，充分的休息。"

"你试着告诉他吧。对了，你自己准备好了吗？"

"好了。"

"很好，"妈妈突然向前靠过来说道，"杰西，你要多鼓励你爸爸。我知道，你无论如何都会支持他的。要记得，如果你觉得难过，那么你爸爸一定会比你更难过。好了，一会儿楼下见！"

妈妈亲了她一下便离开房间。杰西把妈妈刚才说的话回想了一遍，觉得她的话一点儿都没错。爸爸一定更加难受，因为他是爷爷的独子。虽然他和爷爷常常针锋相对，但这也容易理解，因为他们的性格是截然不同的两种类型，一个独立得吓人，冲劲儿十足；另一个却温和并且无欲无求。

她的目光移到窗外，看到爸爸就在外面街道上，正在把储物箱装上车顶。她自顾自地微笑想着，这就是爸爸最大的追求了：搞些没啥大用处的手工玩意儿。他总爱自己动手做东做西的。用自己的双手工作，似乎能释放他教书一整天后累积在体内的压力。然而不论他做出什么玩意儿，看起来都不像是意识下的产物。

那个车顶储物箱也不例外，现在整条街的人都称呼它为"棺材"，这让杰西觉得更难过了。

爸爸走回屋内，不久后，杰西便听到他一边上楼，一边叫道："杰西，你打好包了吗？"

她提起行李箱，走上前去打开她的房门，发现爸爸早已站在门口。

"我帮你提这个皮箱。"爸爸说道。

"没关系，我自己来。"

"不，我来提。"爸爸伸出手来拿箱子时，却突然冲动地伸手搂住了她。她抬头看着爸爸，等着他说话。但他只是搂着她一言不发，目光从她的头顶望向后方，然后又忽然放开她。

"这么久以来，你第一次没早上出去游泳。"他说道。

"不知为什么不想去游。"

"我知道。"

他提着皮箱往楼下走。她试着跟上，好偷看他脸上的表情，但却没能跟上。

"要多久才能到达目的地呀？"她问道。

"说不准，以前没去过那里，也许一路上都挤满了游客，我们的车速可能会减慢。再说那里又挺偏僻的，从地图上看前不着村后不着店，而且路又难走。"他瞥了一下手表，又说，"搞不好天黑之前也到不了呢！"

爸爸走下楼梯，把箱子与其他行李摆在一起。妈妈这时也从厨房门口探出头来说道："'棺材'上了车顶吗？"爸爸皱着眉头说："已经装上了。我们可不可以别再这么叫了？"

妈妈回答道："爸不会在意的，他是第一个这么叫的人。"

爸爸喃喃地说："没想到是他。"

妈妈的目光顿时变柔和了。

"我们叫它车顶箱好了，"她静静地说道，"杰西，你可不可以去看看爷爷是否准备好了？"

爷爷坐在客厅里他的宝座上,头歪向一边。她原以为爷爷睡着了,却突然发现他的目光闪动,便说:"爷爷,您还好吗?"

"还在躲殡仪馆老板呢!你爸爸的'车顶棺材'准备好了吗?"她差点儿噎着。

"爸爸刚把它装上去。说真的,您到底觉得怎样?"

"很好。"他对她眨眨眼说,"只要你陪着我就好。"

她把目光移开,试着隐藏她看到爷爷如此脆弱一面时的心痛感觉,因为她眼中的爷爷一直是充满活力、能量与热情,而且永不服老的。看到他的另一面,让她觉得不对劲,她努力把最害怕的念头赶出脑海。

"您还记得那个地方吗?"她问道。

"我当然记得我出生的地方。"

"但是您离开时才十五岁。"

"没错,跟你现在的年纪一样。"

"但是您离开后便再没有回去过,所以现在它应该会有所不同。"

他吸吸鼻子,说道:"我会记得那里,就像你也永远不会忘记这里一样。"

她眼帘低垂。

到底爷爷有什么样的特质会令人既安心又担忧呢?他

似乎全然不在乎自己的身体状况。他总是无所畏惧,至少表面上看来如此,但在内心深处,他恐怕也曾想到最坏的结果——那也是她和爸爸妈妈暗地里忧虑,却谁也不肯提起的事。

她看到爸爸站在门边问爷爷:"爸,你还好吗?杰西在照顾你吗?"

她真希望爸爸不要每次跟爷爷讲话都这样一直提高音量,他从昨天开始就这样了,好像爷爷心脏病发作不仅让他身体虚弱,而且使他的听力都退化了。爷爷迟早会被惹恼的,但这回爷爷只扬扬眉毛,说道:"杰西照顾得很好。"

"好吧,那我们帮你上车。"

爷爷只让他们扶他站起来,然后便大手一挥,要大家站在一边,自己伸手去拿拐杖。杰西站在一旁,看着爷爷痛苦挣扎着走出客厅,而爸爸则焦虑地立在一旁护着,害怕爷爷会忽然跌倒。

妈妈在门厅等候着,问道:"还好吗,爸爸?"

"好,好,我的老天。你们整天围着我转,我怎么可能不好?"

妈妈偷笑着退到一边,好让他们顺利通过,然后她抓住杰西的手,说:"跟我来。"

杰西跟着妈妈一路走到书房,书桌上有一幅斜倚在墙上的画。这幅画虽然迥异于爷爷以往的作画风格，但是仍让人一眼就可以看出是他的作品。可是这幅画显然离完成还早得很。

"你知道这幅画吗？"妈妈问道。

杰西摇摇头说："我从来没有见过这幅画，我甚至不知道他仍在画画。"

妈妈盯着她说："这是他昨晚画的。"

"你是说……"

"记得吗？从医院回来时，我们就把他安顿在床上了。他一定是等我们都进入房间，才下楼跑到书房，拿起笔画了一整晚。他告诉我说，他要带着这幅画去度假，好完成它。我不知道是什么力量驱使着他，我真的搞不懂。"

杰西盯着那幅画，心中想着它与爷爷以前的作品是如此不同。一条河流主宰了整个画面，这是一条她不认识的河，甚至可能根本就没有这条河，而只是爷爷想象出来的。整幅画的构图怪异而且全无章法，与他以前的作品大不相同，但透着一种诡异的美。河岸显出淡淡的绿，没入清清的河水之中，河水蜿蜒流向远方的海洋。画面中没有鸟，没有兽，更没有人迹，因为画中似乎没有地方可以让生物容身，但看起来又是那么自然。不知为何，这幅画又令她联想起酷暑后即将来临的秋天。

River Boy

妈妈又开口说道:"这幅画还有名字呢。"她说话时的轻松语气显露出她内心的兴奋。杰西明白其中的缘由,那就是爷爷从不为他的画命名。他只管画,任由他人试着去弄懂画中的含义,如果他们能懂得的话。妈妈把画翻过来,指着爷爷潦草的字迹。杰西大声念出:

小河男孩

这几个字似乎引起了某种共鸣,她觉得那好像对自己挺重要,却又说不出什么所以然。还有更令人困惑的——她回头看着妈妈说:"画里根本没有男孩嘛。"

"是呀,这还真是奇了……我是说,他很少把画的含义说得这么明确。不过他还没有完成这幅画,也许未来他会把男孩画进去。但是我犯了一个错误,竟然想问他这是怎么回事。"

"妈,你明知道不该这么做的。"

"我知道,但是我实在忍不住。这幅画这么不寻常,尤其是他还给画起了名字。你一定猜得到他的反应吧!"

杰西根本不用猜就知道爷爷会是什么反应。

"他告诉你,艺术家不用去解释作品,因为每一幅画都有属于自己的生命和语言。而且他还会说,画画本身就已经够难了,更别说要浪费时间向每一个白痴说明……"

"他说的是没知识的人。"

"没错,如果艺术家需要向每一个没知识的人说明作品的含义,那么他将永远无法完成任何作品。爷爷还会说……"

妈妈笑着打断她的话:"差不多就是这个意思。我本来还指望你多知道一些有关这幅画的事呢,因为你似乎是他的灵感之源。"

"灵感之源?"

"就是激发艺术家创作灵感的人。"

杰西知道这个词的意思。当她看爷爷作画时,爷爷常用到这个词,但通常只是说他今天没什么灵感,或者说他今天得有足够的灵感才行,因为他要着手画那些难下手的地方。爷爷从未告诉过她灵感之源与她有关,她一直认为爷爷的灵感来自某位女神,而非一般的凡夫俗子。但她也很难想象能有谁,即使是神,能影响像爷爷这般意志坚定的人。

"他才不需要我给他灵感呢!"杰西回答,"他已经画了一辈子。"

妈妈用手指轻抚着画的边缘,似乎在考虑着要不要回应。然后她若有所思地说道:"但是爷爷是在你出生后,才在绘画中找到自我的。他早期的画作总像是缺少了些什么,虽然他有许多的作画技巧,却似乎少了一种特别的魔力。"她停顿了一下继续说道:"自从你出生后,便仿佛有一股魔力开始永不止息地激励着他。"

"但是爷爷从来没管我叫作灵感之源,或是类似的称呼。"

"他当然不会,他也从未对你爸爸或对我说过什么,他可能自己都没看出来呢。如果有人这么问他,他可能会说这是一派胡言。但是,的确有某种东西……虽然我不知道是什么……但他的确是从你身上得到了某种东西,对他而言很重要的东西。你爸爸跟我有同感。"她拍了拍杰西的脸颊,接着说,"我不知道为什么要告诉你这些,你自己知道就是了,别让它弄得你自以为了不起——虽然你不太可能会如此。只要把它当成是爷爷爱你的象征就是了。"

杰西的目光再次回到画作上,沉默不语。

"难道你完全不懂'小河男孩'是什么意思吗?"妈妈忍不住又问了一句。

"对不起,妈妈。"

"那就别费神了。好了,我们该出发了。你把画带到车上去好吗?但我不认为他有力气在度假时完成这幅画,不论他内心多么渴望。你知道的,他作起画来有多么耗费精力。"

杰西拿起了画说:"我待会儿就来。"

"好吧。"

杰西一直等到妈妈离开,才又继续注视这幅画。这时候那名字——"小河男孩",再次闪入她的脑海里。

也许正如妈妈所说,爷爷未来会把那男孩绘入画中,前提是他还有力气的话。这一点的确令人担心,爷爷有可能再也拿不动画笔。他只要一动手作画,便会非常执着,尤其这幅画对爷爷那么重要。此外,有某种不确定的原因,使得这幅画对她而言也是很重要的。

杰西越仔细看这幅画,那隐而不现的小河男孩便越发浮现出来,直到最终凌驾于画中的景物之上,并且也将她拉进画中,最终把她拉向海洋。

第二章 抵达爷爷出生的地方

这段旅程所花的时间比爸爸预期的还要久。他们的交谈断断续续,最终气氛还是完全沉寂下来。杰西在整段旅程中大都在打瞌睡,而她的脑子里浮现的都是和爷爷在一起的景象——在她很小的时候,爷爷和她在花园里玩耍,爷爷让她在他身上爬来爬去,假装打不过她;爷爷带她到医院,医治她从秋千上跌下来时伤到的腿;爷爷教她骑脚踏车,双手抓住后车架帮助她保持平衡,并且在她害怕时大声鼓励她……不过大部分仍是爷爷作画时的景象,以及他观看她游泳时的情景。

她睁开眼见到的是另一幅真实的景象,一个老人坐在她身旁的座椅中睡觉,下巴抵着前胸,头略偏向她。他看起来是如此脆弱,尤其是他的双眼紧闭,封住了他熊熊如火焰般坚定的眼神。她瞄了前座的妈妈一眼,看到她也在点头打盹儿。最后她与爸爸两人的目光在后视镜中相遇了。

"还好吗,杰西?"他问。

"很好呀。"事实上非常不好。她怀疑爸爸也察觉到了,但他没有追问。她望着窗外西沉的落日,问道:"还要多久?"

"还要几个小时吧,累了吗?"

"嗯。"

"到达目的地后,我们就可以好好休息一下了。"

"你觉得那里还会有人记得爷爷吗?"

"这很难说,得看他儿时的朋友是否还健在,并且是否仍住在那里。"他往后看了看,确定爷爷仍然睡着,"毫无疑问,他没跟任何人联系。你知道他似乎完全切断了与过去的一切联系。他说他想找一位名叫艾尔福的先生,那位先生过去也住在这一带,但是我想大概没什么人会记得艾尔福的。即使真的还有人记得,恐怕也找不到他了。"

杰西眺望车窗外的平野与山丘,这与她的生长环境如此不同,不禁纳闷儿这趟旅行到底意义何在。他们早在爷爷心脏病发作前就在筹划这次旅行,这也是爷爷个人的愿望,希望再回到他儿时生活的地方看看,这是他以前从未表露过的心愿。

但这整件事与他的个性不符,因为他以前总是看不起往回看的人,认为那是一种性格软弱的表现。杰西知道,回

River Boy

忆对爷爷而言必定是痛苦的。他十五岁时,便在一场火灾中痛失双亲,爷爷绝对有权利认为往事令人痛苦。

如今他们却要回去,回到带给爷爷痛苦的地方。

她看着身旁虚弱的爷爷蜷曲着身子沉睡着。她多么希望爷爷能给她一个惊喜,在这次假期中恢复健康,变得强壮起来。但是她看得越久,心中越害怕。在恐惧中,她再次闭上双眼。

杰西在流水声和爸爸疲倦却放松的呼唤声中醒过来。

"大家都起来,我们到达目的地了。"

她眨眨眼环顾四周,夜幕已垂,但车窗外树木的轮廓依稀可见。爸爸开门下车,车厢内的照明灯光照在他们刚刚惊醒、尚还困惑的脸上。妈妈在座椅上扭动着身子问:"大家都还好吗?爷爷你好吗?"

"好。"爷爷含糊地低声回答,但显然并不怎么好。

"杰西呢?"

"我很好。"

妈妈打了个大哈欠:"虽然我从未来过这里,但是从普利茅斯一路过来,车子似乎绕来绕去走个没完。"

杰西推开车门走出去,淙淙流水声袭人而来。她向右望去,月光下闪着粼粼波光的便是那条小河。

妈妈下了车,走过来用手搂住她的肩膀说:"这儿真美,但希望不会让你觉得太无趣。"

杰西没说话,她仍被这流水声震慑着。爸爸的声音打断了她的思绪:"我们去看看那座小木屋。"

杰西这才转过身,随即吓了一跳:之前她对那流水声太着迷了,竟然没注意到眼前小木屋的模糊轮廓。小木屋在她左侧,屋后林木高耸,小河在屋旁蜿蜒而过,近在咫尺。

"爸爸,你是不是说附近没有别的房子?"

"恐怕没有,我们大概得靠自己了。不过大约两英里外有一座房子,那是葛瑞夫妇的住所。他们是这座度假小屋的房主,另外还拥有好几座度假小屋。葛瑞先生跟我说过,他们有时也住在普利茅斯,那儿也是这附近唯一的社区,是个不大不小的城镇,没什么特别的,只有一些奇特的小农场。"

杰西环顾四周,仍然沉醉在潺潺的流水声中。她很高兴一家人可以在这里独处,她不需要其他邻居,有家人和这片净土便已足够。

"普利茅斯离这里有多远呢?"她问道。

"直线距离约二十五英里。"爸爸答道,"但沿着上下起伏的山路走就会超过四十英里,可能和这条小河蜿蜒出海的长度差不多。我猜小河是一路流到普利茅斯出海的。"

River Boy

"没错。"爷爷微弱的声音从他们身后传过来。他们转身看见爷爷挣扎着想起身走出车外,爸爸赶紧跑过去帮忙。

"爸,对不起。"他说道,"来,我帮你……"爷爷费了好大劲,再加上爸爸的搀扶,才站了起来,在黑暗中环顾四周。杰西看着爷爷,心中思索着,这么多年之后故地重游,他心里会想些什么。爷爷突然嗅嗅空气,然后回头看着爸爸说道:"它可不只是一条小河流。"他哑着嗓子说:"它离开这里以后,便汇集成一条相当宽广的河流了。"他看了一眼小木屋,问道:"这就是我们的栖身之处?"

"没错,"爸爸迟疑道,"我可不要听到任何抱怨,你们没法儿想象,我为了在这一带找个地方住,碰到多少麻烦。"

"你说谁是屋主?"

"一对姓葛瑞的夫妇。"

"从没听说过他们。"

"你根本不可能听说过他们的。我们进去吧!"

"我陪爷爷走。"妈妈说道。

"别烦我,"爷爷回她一句,"我好得很。"

爸爸打开手电筒在前面带路,走向小木屋:"葛瑞先生说,他把钥匙留在了门楣上。"

"他可真放心哪。"爷爷说道。

"没办法,当我告诉他我们会很晚到时,我绝对不相信他会熬夜等门。不过我想明天早上就能见到他了。"

"这里就是门楣了。"妈妈伸出手在上面摸索,"钥匙果然就在这儿。"

她打开门,大家走了进去。杰西找到电灯开关打开灯,眼前出现一条狭长的走道,延伸至尽头的楼梯处。

楼下看起来还蛮干净舒适的,有一间大小适中的起居室,一间带有洗脸盆的小盥洗室,一个游戏室。游戏室里一张台球桌占去了半个房间,还有装满各种球、球杆和球拍的橱柜。在角落里,则是一张应他们要求组装好的临时床。妈妈走上前检视了一番:"这张床好像不太有弹性,爸爸,你睡在上面没问题吧?"

"我睡过更糟的床呢!"

"很抱歉,我们得把你安顿在这里,这是我们唯一能做的安排。"

"我会习惯的。"

他们四处逛逛,看看厨房,看看起居室,突然,爷爷倒在了一把椅子上。他虽然没说什么,但是杰西从他的表情看得出来他真是累坏了,急需一个人静下来好好休息一下。杰西看见桌上留了张纸条,便交给了爸爸。他迅速地看

River Boy

了一遍,然后说:"是葛瑞先生留的纸条。他说食物得到普利茅斯去买,但是他在冰箱里放了些牛奶、奶油、面包、茶和糖,冰箱在储藏室里。他真周到,储藏室在哪儿?"

"在这儿。"杰西边说边打开一扇门。

"先前他在电话中告诉我这儿有一台冰箱。"妈妈边说边用目光四处搜寻。

"在这儿呢!"爸爸应道。

妈妈查看了一下冰箱说:"比我想象中的要大些,很好,这冰箱挺不错的,不过我想还是得把它装满食物才行。"

杰西和爸爸目光相接,两人都笑了起来。妈妈时刻准备好足够环游世界的补给品,不管他们要去哪里都一样。所以如果他们不想去普利茅斯采购,那就根本不用去。

他们把爷爷留在厨房里,然后上楼查看其他的房间。楼上有一间浴室,一间双人房和一间单人房。杰西走进她的房间,里面有一张桌子、一把扶手椅、一个嵌入式衣橱和一张舒适的床,整个房间让人有宾至如归的感觉。她慢慢地踱到窗边,看到小河在不到三十英尺外的地方流过。

妈妈的声音从她身后的门口响起:"那条河的流水声让我觉得有点儿烦,我们原先并不知道有条小河离我们这么近。"

"我倒不在意。"

"你还没在这儿睡过觉,我希望它不会吵得你睡不着。我们在另一边的房间里就已经感觉够吵了,何况你这里呢!"

"我不会有事的,妈妈,真的。"她看到妈妈脸上的焦虑,所以设法说一些让她安心的话。"我喜欢流水声,"她终于想出了一句,"我真的喜欢。那会让我联想起游泳。就算还有其他空房间,我也会选这间的。爷爷在楼下睡得是否舒适,才是最重要的。"

妈妈走到窗边看着那条小河,皱着眉头说道:"我只能这么希望了。"

杰西很快便发现妈妈是对的,小河的确吵得她睡不着。但奇怪的是,那流水声似乎有某种力量,让她可以获得如同睡眠般的休息。

她仰卧在床上,看着月光在窗户上形成的光影,聆听着窗外的淙淙流水声。她发现要忽略这流水声几乎是不可能的——它是那么强势地凌驾一切——但她很快又发现,她根本不想忽视它,而是喜欢上它了。她越聆听,越觉得它像是在倾诉,奇特且持续不断地倾诉。似乎这河流有许多故事要和她分享。或许爷爷也躺在床上睡不着,也正和她一样在聆听着,品味着这喋喋不休的倾诉。说不定因为他在此地出生，会比她更了解这流水声，他必定倾听过这流水声许多次了。

杰西皱着眉头坐起身来。

每次想到爷爷，总是让她百感交集：仰慕他的力量，疼惜他的伤痛，却很难想到爷爷会死去。她总是想，爷爷还会活上好些年——也许他会的，也许他会令他们都大吃一惊。他是老了，但还死不了。

她再次倾听这流水的声音，终于这无休止的流水声主宰了她，与她那无休止跳动的心产生了共鸣。她站起身来，披上睡袍，缓步走到窗前，双肘搁在窗台上，两手托着下巴，往下看着小河流过，似乎想与它说话。

"你在说什么？"她对小河喃喃低语，"你想要告诉我什么？"

河水黑黢黢的，在河床中的石头间潺潺流过，向屋后的低地蜿蜒流去。而她身体的一部分似乎也随着这流水一路奔向大海。

她叹了口气。

这个地方透着奇异的气氛，虽然令人不安，却不使人害怕。似乎有个精灵在这儿，不是那种阴暗鬼魅，而是这河间的精灵，有着无所不在的魔力。河水继续流着，像音乐盒般不断地发出乐音。

她微微打了个冷战，连忙拉紧睡袍，把自己裹得更紧些。她突然产生了一股冲动，走到门边打开了门，试着把流水声挡在耳后，然后听着父母那平稳的呼吸声。

没错，那是爸爸的鼾声，这就够了，因为妈妈是有名的嗜睡，但是爸爸常常难以入睡。不过只要他一睡着，便能够一觉睡到天明，而且鼾声人人可闻。

她踮起脚，小心地摸索着下楼。走到楼梯口时，她停了下来，小心翼翼地走进起居室，那儿有"车顶棺材"投下的暗影，行李等待着明天一早被卸下来。另一头则是通往爷爷卧室的门。她轻轻地走上前，竖起双耳倾听着，试着找到那鼾睡声。

但她听不到任何声音。

她感到一阵恐慌，立即推开了门。爷爷躺在床上，脸往后仰，嘴巴张开着如同在呐喊一般。她急忙向前，不小心撞到球桌的边缘。这时爷爷开口说话了："我很好，没事。"

他说话的声音听起来很疲倦，但是听到了这声音还是让她心里的石头落了地，呼吸也跟着平缓了下来。

"过来坐到我旁边。"他说道。杰西走到他床边，挨近他坐下。"握着我的手。"他又说道，挣扎着要把手从被单下伸出来。

杰西帮着他，并握住他的手。爷爷现在看起来如此干枯瘦弱，完全不似以往。她再次回想到她小时候，爷爷抱着她的那双令她有安全感的手，但是现在这双手却需要她的扶持。

"你睡不着吗？"他问道。

杰西点点头。

"我也睡不着。"爷爷说道，"我一直不停地想，这地方与我记忆中的是如此不同。"他凝视着杰西，顽固地抵抗着这片黑暗，接着说道："任何事都会改变，杰西，任何事都会，没有什么东西是永恒不变的，抵抗也是白费力气。我们只能接受它。"

杰西知道他指的是什么，但是她不想听这些。她不愿意去想改变，她希望每件事都永远保持不变，即使某些事物必然会改变，她也不要它们立刻就变。也许要等到她感觉对了，准备好了，能够接受了，它们才可以改变。

爷爷突然咯咯笑着说道："告诉你一件永远都不会改变的事，那家伙名叫艾尔福，如果他还活着。我小时候他也住在这里，跟我同龄，他的家人住在离这儿两英里远的一座小木屋里，可能就是这个叫作什么……哦，葛瑞，葛瑞家现在所住的这座房子。我无法想象艾尔福会有什么改变，他是做什么事都不会超出你想象的那种人。他很可能还住在这附近，只要他还……他还……活着……"爷爷的声音渐渐

微弱,握着杰西的手也松开了。杰西把他的手平放在床上,又待了一会儿。

爷爷睡着了。

杰西起身走到门边,将门在身后轻轻带上,然后穿过起居室走向门廊。这时她突然看到映在窗户上的水中月的倒影。流水声再次在耳畔响起,如同一串串咒语朝她迎面袭来。

第三章　初游小河

杰西在流水声和鸟儿的嬉戏声中醒来,感觉到阵阵微风由敞开的窗户吹进来,稍有些凉。她揉揉眼睛眺望窗外,看见树梢在苍白的天际摇晃着。

看起来还挺早的,但是她无法得知确切的时间,于是她伸手在地板上摸索前一晚睡觉时不小心滑落的手表。

才五点半。"这怎么可能,我只睡了这么短的时间,却感觉已经得到充分休息了呢!"河流在呼唤着她,于是她跳下床,穿上泳衣,蹑手蹑脚走出了房间。

爸妈的房间除了传出爸爸的鼾声外,没有任何动静。他们很可能还会再睡一会儿,尤其是爸爸开了这么久的车。也许他们会因为对爷爷的担忧和对陌生环境的不适应而早些醒过来。她踮着脚走到爷爷的房间门口,往里面瞧。只见他的头仍然往后仰,嘴巴张开着,呼吸短而急促,跟爸爸的呼吸完全不同。不过他毕竟是在睡觉,杰西急忙退回起居室，从前门一溜烟地跑了出去。

鸟的叫声再次在她耳边响起，伴随着一如往常的水流声。她环顾四周，在阳光的照耀下，这里的美展露无遗，令她赞叹。

她现在看清了小木屋坐落于山脚下，这座山向左延伸，而河流则顺着山谷流淌，穿过茂密的林地。小木屋附近的树林尤其浓密，再远一些，便是只有几块岩石的空地。

小木屋被树木环绕，位于一小块空地上。这块空地连接着一条往右延伸的小路，通往普利茅斯。停放在空地的车身上凝满了露水，看起来颇为奇异，似乎时空错置，它不属于这里。不过真正吸引她目光的，是车后的景致。

那是一座被弯曲河流所"切开"的山谷，两岸均为峭壁，覆满了浓密的林木，零星点缀着外露的岩块。她走到河边跪了下来。

这条河流真美。虽然仅有十五英尺宽，但由陡峭的山坡汲取能量，永不止歇地前进。她踩进水里，冰冷的河水令她倒抽一口凉气，但精神为之一振。水流冲刷双腿的力道，似乎让她感受到了整条河流的生命力。

她走在河中顺流而下，此处的河水甚浅，还不及她的膝盖高，而河底虽然布满石头、崎岖不平，但踩起来并不打滑。她将小木屋远远地抛在身后，向谷底涉水而去。

River Boy

两岸的土地一直往下降,很快便戏剧性地与山谷平齐而变得开阔起来,接着她由树顶枝叶间窥见河面突然宽广,河水迤逦流去。

这一转变颇令人惊异,曾经狂奔的激流转眼间就变成一条长而懒散的动物,不再急忙奔窜,反倒开始缓缓流淌。她继续涉水前行,到达树荫尽头,在那里看到了河流冲击谷底激起的水花。

流水在此处仍然强而有力,但当它落入谷底后,就变得迟缓了。再往下流,在第一个河湾处,仿佛毫无动力、停滞不前了,虽然她知道那只是一种错觉。实际上,那里暗流汹涌,水流速度快得很呢。只有一种方式才能实际体验这种河流的力量。

她再次向前跨了一步,河床陡然下降,水面由膝盖骤然升至腰际,她停下来凝视着眼前的河面。

她并不是怀疑自己的能力,尤其是在游泳的技巧和力量方面,她对自己非常有信心,但是她对这条河一无所知,也许河里潜藏着芦草或其他未知的危险。因为她是城里人,对乡下并不熟悉,更不用说是在河里游泳了。

但是这河水的诱惑太强烈了,而且这里看起来还算安全。于是她深深吸了一口气,便划向水中。河水虽然仍是冰凉的,但已不像她第一步跨进来时那么令人为之一紧。她喜欢这种被溪流冲刷而下的洁净的奢侈感觉。

她先游蛙泳,让头部维持在水面上,在自己感觉平稳、安全之前,不打算立刻没入水中。划了几下水后,她停下来,伸出脚摸索河底。

她探到了河底,那儿布满小石头,但感觉很好、很安稳。河水加深的速度却比她预期的快,很快水就已经到达她的胸部了。她回头看看身后的树木。

河水快速地将她往下冲,她几乎都没用什么力气。但她本能地开始往回游,逆流而上。现在她体会到这河流的力量如此强大,好在不至于强得令她招架不住。蛙泳能使她保持位置不动,稍做努力后,她发现仍可逆流而上,游自由泳大概没问题。于是她将脚踏在河底,目光向下观察河水。

河水非常清澈,她可以轻易地看到河床底部。她保持着平衡,移动双脚逆水而上。这河水相当友善,她终于感到放松了。没什么好怕的,她现在可以潜水了。

她没有潜得太深,只是把头浸在水里,然后便站了起来。接着继续游起来,游着她最喜欢的、最轻松自在的自由泳逆流而上。水流并不能主宰她。

她往上游到树林尽头,然后转身往回游,让河流的力量承载着她。现在她不需要测试自己,因为她能够征服这河流,至少在这里可以,即使水流在下游处力量增强,她还是

River Boy

可以爬上岸往回走。

但没多久,她便发觉要这么做是很困难的,因为有些地方的河岸虽容易接近,但沿岸布满荆棘或其他茂密的植物,完全没有她可安全通过的途径。

还有,河湾回流处也是她直线行走的障碍。若不想随波逐流,唯一的方法就是登上山谷峰顶再循河而下。但攀上峰顶看来也不是件容易的事。她游到岸边,攀着一丛芦苇。

现在她已顺流而下足足有一百英尺了,大部分是靠水流的漂载。她往下看看下方的河床,河底起起伏伏的距河面大约七英尺。岸边的河水竟有七英尺深,真是奇了,但这不是家里的游泳池,也不是海边,这是全新的事物,令她感到兴奋,也是她必须学习了解的事物。她蹬离岸边,游向对岸的一片空地。

水流明显减弱了许多,她看到河床越靠近对岸也就变得越浅。

她在对面河岸边停下,发现脚能着地,而且水深仅到腰部。

她看着这条河,发现这条河真是引人入胜,处处充满神秘感。她认为此处水流缓而不急的第一印象有误:岸边附近的确是这样,但它蕴藏着一股内在的力量,尤其是在水深处。她开始往回游。

她为自己能抗衡水流的力量感到放心，但她每划一下水，都会发觉河流的意志与她的意志相抵触，即使她想逆流而上一小段都很困难。最终还是这河流占了上风，幸运的是，她这次仅仅需要往回游一百英尺左右。当她游回树荫处，也就是原先的起点时，不禁如释重负。

是该回去的时候了，爸爸和妈妈可能都已经起来了，如果看不到她，会很担心的，虽然他们可能会猜到她在哪儿。她看到河岸边有一处空地，通往小木屋的小路便在那里，于是她起身爬上河岸。

接着她突然停下来，身体紧绷着。

有人就在附近看着她，她可以感觉得到。

她转了一圈，目光投向河面、岸边和小径，但视线所到之处却不见半个人影。

她放松下来，爬上河岸，开始往回走向小木屋。虽然她觉得自己可能在幻想，但是她那种并非独自一人的感觉却越来越强烈。

第四章 河边作画

"我决不坐那个玩意儿!"爷爷生气地说道。他挂着拐杖,蹒跚地走向河边,毅然背对着家人站立。

杰西看着和她一起站在小木屋前的爸爸,他仍推着那把从家里带来的轮椅。他看起来如此紧张而又没有自信,这正是他和爷爷在一起时常有的状况。她真希望爷爷不要总是对爸爸这么严厉。

她抬头望望天空。太阳早已爬上了山顶,而山谷也迅速地热了起来,现在才刚上午十点半,由万里无云的天空来判断,今天会是个大热天。

她想到早晨在河中游泳时,觉得被人偷看的怪异感觉,忍不住朝四下张望。

但她还是没有看到任何人影。

爸爸清了清喉咙说道:"爸爸,拜托你,这把轮椅会让我们大家的日子都好过些。"

爷爷头也不回,挤出一句在流水声中勉强听见的回答:"我只要还能走,就决不会任由人推来推去的,活像超市里的手推车。"

妈妈在厨房里清洗着蔬菜,听到爷爷的话,便把头探出窗外说:"但是爸爸,我们想要带你到处看看你的老家。"

"那儿全烧光了,没东西可看了。我的老天爷,谁要看一片烧光的空地?"

"难道你不想看看曾经是你老家的地方?"

"不想。"

"你不想找你的老朋友了吗?"

"他现在应该是墓木已拱了。如果他还活着,那么等个一天半天的也没什么差别。我并不是来这边看老友的,我是来这里画画的。你们可以随意出去溜达,我要开始画我的画了。"

杰西在爷爷提到他的画时便皱起了眉头。自从妈妈让她看了那幅画后,她满脑子里想的全都是它。但自从帮爷爷包好了那幅画以后,便再没见到过它了。画中最令她挥之不去的便是那个男孩,那个小河男孩的影像,那个并不存在的画里的男孩。

没错,爷爷必须尽快完成这幅画,否则他那烦躁易怒的脾气恐怕会日趋严重。更何况,他需要作画,就如同他需要

River Boy

氧气一般。虽然他有一次承认——就那么一次在无戒心的状态下承认——只有绘画才能让他继续保持神志清醒。

她不知道那是不是真的。但是她的确知道,每当爷爷不能作画时,她便觉得他精神不振,就像他的心灵上有了一道无法治愈的伤痕。她希望爷爷没有痛苦。每当这件事令她难过时,她便试着告诉自己,绘画对于爷爷,就如同游泳对于她一般。她需要常常被水包围着才能感受真我,爷爷也需要一支画笔来将他内在生命的景象外化。

这么多年来,她知道爷爷几乎不停地作画,也知道爷爷对他的天分所能带来的名声和一向缺乏的金钱兴趣寥寥、毫不在意。如果哪一天他失去那种作画的愿望时,可能一切就真的结束了。

所以,无论他的情况有多糟,只要他还想画画,或许就是件好事。

"我可以陪爷爷,"她对爸爸说,"你和妈妈可以出去逛逛。"

妈妈走出来加入他们的谈话:"我的确想出去走走,看看葛瑞夫妇,但是我们得留下来一个人。"

爷爷终于转过身来,摇摇晃晃地挂着拐杖站在那儿,瞪着双眼警告他们别可怜他:"杰西愿意的话,可以留下来陪我,而你们两个大的可以出去走走。"

"你没问题吧?"爸爸问道。

"几个小时内,我还没打算死掉呢。"

"你最好不要,"妈妈故意激他,"我可不希望你破坏了这个假期。"

爸爸不以为然地瞪了她一眼,但爷爷只是笑笑。

"好了,"妈妈说道,"我和爸爸去拜访葛瑞夫妇,杰西待在这里陪爷爷。"

"你确定吗,杰西?"爸爸问她,"我可以留下来陪爷爷,如果你想跟妈妈一起四处去看看的话。"

妈妈碰碰爸爸的手臂说:"她没事的。"

杰西与她相视而笑。

"待会儿见了。"妈妈说完,不等爸爸出声,便拉着他的手走了。杰西目送他们经过备用轮椅,穿过那片空地,消失在通往普利茅斯的小径上。然后她走向爷爷。

爷爷正仰望着天空,似乎迷失在自己的思绪之中。但他突然动了一下,目光紧盯着杰西。"你可不可以……"他开口问。她用手指按住爷爷的双唇。"您知道我会的。"她回答。

从小都是她帮爷爷准备画具,帮他收拾画布、颜料和画架。这些都是她很珍惜的惯例。还有,爷爷非用那歪七扭八的破烂画架才能作画,虽然他口中老咒骂着说,改天一定要换个像样的。但更破烂的是他屁股下那把人见人怕、随时都可能被他压塌的椅子,它也如同那破画架,爷爷非它不要。还有那些画笔、画布、松节油、刮刀、茶和饼干,以及爷爷所需要的一大堆其他的物品——只待齐全后,他便开始专心作画,完全不受外界干扰,杰西也干扰不了他。

她常常觉得奇怪,为什么自己会这么爱帮爷爷准备这些东西,爷爷又为什么愿意让她帮忙准备这些东西。爷爷一向非常霸道,开始时他从不要求她帮忙,但是当他发现她很看重这件事以后,便常常要她帮忙,就像现在。尤其是现在,她特别高兴爷爷要她帮忙。

"爷爷,您要坐在哪儿?"她问道。

"就靠着河边坐吧!"她搬起椅子便往河边走去。爷爷从身后叫住了她:"不是那儿,再往下走,走到那开阔处,也就是你早上去游泳的地方。"她吃惊地转过身:"您怎么……"

"我并没看到你,我那时在睡觉。"

"那您怎么会知道……"

他咯咯笑道:"我太清楚你了,再清楚不过了。你大概还没告诉你爸妈已经在河里游过一回了。"

"他们大概像您一样,猜也猜到了。"

"所以你还没告诉他们。"

"我是要说,可是还没来得及说。"

爷爷没那么好骗,但是他没有责备她。他转身将目光移向河流下游。

"你在这儿应该够安全的。这河是很友善的,不像其他河流,水流虽不太急,但足以将芦草冲平,这点你可能已经发觉了。不过,只要心存敬意,在水中你便不会受到伤害。"

他望向上游,微微颔首,用手遥指山上的方向:"这河的源头便在那山顶。你从这儿看不到它——我们这个位置太低了。如果我再年轻一点儿,我会亲自带你去那儿瞧瞧。"

她比以往更加着迷地看着这河流,而且又想起之前那种有人就在身边的诡异感觉。虽然这种感觉现在消失了,但只是回想起来,仍令她有些不自在。

她努力地把自己的注意力转回作画上。

"我该把椅子放在哪儿?"

"我指给你看。"他拄着拐杖蹒跚地走向爸爸妈妈刚刚离开时走的那条小径。她赶忙跟上想要帮忙,却被他挥手拦住了。"不用了,你把椅子带过来就行。我走到那儿时,得有样东西能让我坐下来。"他说。

爷爷的双唇紧闭,一动不动地盯着他要去的地方。她走在他身旁默然不语,不想让他因说话而更疲惫。他步履沉

River Boy

重地往前走着,拐杖因承受着他全身的重量而重重压在地上。

她偷偷地瞧着,害怕爷爷会忽然跌倒。他摇摇晃晃,看起来挺吓人的,可是他一如往常,从不认为自己有做不到的事,有到不了的地方。他来到岸边的一片空地停了下来,这儿正是她早上爬上岸的地方。

"就是这里了。"

她看着爷爷:"您记得这里?"

他的目光投向河面:"我梦到过这个地方。"他的声音中透露出不寻常的渴望。一瞬间,她几乎以为爷爷即将陷入前所未有的追忆中,但她很快放弃了这种想法。

"过来呀!动作快点儿!趁我还没累昏之前把椅子摆好!"爷爷催促着她。

她按照爷爷指定的地点把椅子靠岸边摆好,然后跑回小屋去把爷爷的画具拿过来。她把画递给爷爷时,并没问他任何关于小河男孩的问题。十分钟后,爷爷开始作画了。

他一开始没说任何话。他在作画的第一个小时里几乎都不开口的,好像是在集中全部精神思索他到底想要表达什么。稍后只要他找到方向,便会开始想要聊聊,甚至有时会问她对他画的画有何看法。

她不知道她的观点是否曾给过爷爷任何启发。爷爷通常不喜欢别人过问他的画。他对那些即使发自善意和好奇而询问的人，也是非常粗鲁无礼的，还轻蔑地把爸爸甚至妈妈归为对艺术一窍不通的人。但事实上，他们俩并非完全不懂艺术。

她往后一躺，仰望着天空，猜测着爷爷谜一般的心思：征询她的意见实在是没什么道理，因为她对艺术才真是一窍不通呢。她只知道当自己坐在爷爷身旁时，他作起画来会更自在。也许妈妈说得对，爷爷真的视她为某种灵感之源，虽然她是不会用这些字眼来形容自己的。

每隔一阵子，她都会偷偷地瞄爷爷一眼，非常小心地不让他发觉到她正试着看他在做什么。因为经过多年的相处，她知道爷爷对于别人在他专心作画时盯着他看是非常敏感的，特别是在他还没准备将画作展示给别人看的时候。可是这次他很快便投入了工作，没发现她在偷瞄，这是一个好现象。她没说半句话，转头再去仰望天空。

两个小时过去了，他看来依然全神贯注。他画得很快，快得就像是想要一鼓作气完成这幅画。

他突然扔下画笔，这令她既吃惊又失望。

"这不行，怎么弄都不对劲。"

她坐起来，看到爷爷对着画咒骂着。

"我干扰到您了吗，爷爷？"

River Boy

"不，与你无关，是我自己。瞧这幅鬼东西。"

"您确定要让我看吗？"

"我当然确定。"他气呼呼地瞪着她。她知道爷爷是在气那幅画，而不是她。于是她站起身来，绕到爷爷身后，从他肩膀后方来看这幅画，试着开始揣摩它。

还是那河流附近的景致，只不过加了许多东西。原来代表河岸的淡绿，现在颜色深了许多，也多了些棕色的笔触；原本颜色浅淡的河水则加上了银色、金色和蓝色的光点。但是整幅画现在被旋涡以及河水的奇特张力所主宰着，好似要被一张大嘴吸入大海一般。画作仍有一种孤寂感，显得更加魅惑，更加令人困扰。

但是画里依然不见男孩。

"爷爷，哪里不对劲吗？"

他的目光猛地射向她，令她一时间误以为爷爷被她的问题激怒了，开始责怪自己怎么竟然这么问他。她知道，对爷爷而言，在经过长时间的专注工作之后，他想表达的意象是显而易见的，因此这样的问题仿佛是一种侮辱。但这次她想错了，他只是在生自己的气。

"我本来想画的是这条河。"他说道。

"不是这一段吗？"

"不，"他神秘地说，"不是这一段。"

"我喜欢这画,真的。"她对他微笑道,心里庆幸不需要对他说谎。

但是他反而咒骂得更厉害了:"这是一堆垃圾。"

他半躺在椅子上,这让她不知该怎么做才好。他累坏了,而且充满了挫败感。而她呢,已经预见到在接下来的几个小时里,大家都不会好过。他在完成一幅画后都很难马上恢复精神,更何况在完成不了的时候。这通常意味着连续不断的苦恼与烦躁,直到他最终能将一直在他脑中折磨着他的景象具体地表现出来,他才能解脱。

"爷爷,别放弃这幅画。"她说道。但他没有回应。他的脸色阴沉,身体打战,突然一只手紧紧按住胸口。她赶忙冲了过去,大声叫道:"不,爷爷!"

第五章 爷爷倒下了

爷爷正迅速地失去知觉。她扶着他在椅子上坐直身子,对他喊着:"爷爷,求求您别死。"

他的双眼不停地对她眨着,但是她不知道他是否看得见她。

"我现在就去找爸爸和妈妈。"她说道。

"不要……"爷爷喃喃地说,"别……别离开我……"

爷爷的脸因痛苦而扭曲。她跪在爷爷身旁,想着爸爸妈妈,想着她该上却没上的急救课程,想着最近的电话亭在哪儿,还有……

他的眼睛睁大了些。虽然还在挣扎着,但似乎恢复了意识,深深地吸了一口气,听得出来他相当痛苦。

"轮椅……"爷爷喘息道,"轮椅……"

"但是……"

"轮椅。"他盯住她,"把我……弄回小屋,我会……我会好的,只要能……躺回床上。"

他脸部扭曲,紧抓着胸口。

"我要去找爸爸和妈妈。"她说道。

"不!"他抓住她的手,使尽全身的力量拉住她,"听着,我一会儿就没事了,一会儿就过去了。我……我只需要回到床上休息,还有……还有要吃药。"他咬紧牙关说道:"轮椅……你能把它弄过来吗?"

她现在不想离开爷爷。他的呼吸异常急促,脸色几乎变为惨白,但是他的眼睛又睁大了一些,至少看起来不像是要失去知觉的样子。而且爸妈可能已经回到小木屋了。

她站起来说道:"爷爷,我去推轮椅。"

她跑回小木屋,赶忙找寻爸妈,却连他们的影子都没有瞧见,而轮椅还在他们刚刚留下它的地方。她抓着把手,急忙推着轮椅奔向爷爷。

爷爷的身体蜷缩成一团,头已垂在胸前,但当他听到杰西的脚步声时,仍抬眼往上看了看。他的呼吸和缓了许多,但是脸色仍苍白得骇人。

"我扶您坐进轮椅。"

他正想抗议,但杰西身子往前一倾,已将双臂环绕到他的背后。

"你拉我起来时要小心,"他边喘着粗气边说道,"别拉

045

伤了自己。如果你做不到,就把我留在这里。我能应付得了,我会……"

"爷爷,闭嘴好吗?"

她总算把他稍稍拉向自己,而她知道爷爷自己也已经努力使劲了。但是他实在太重了。爷爷虽然块头不大,但身躯结实强壮,即使已经步入老年,仍保有些许年少时的强大力量。她的脸贴着爷爷的脸颊,紧挨着他,一寸一寸地将他挪进轮椅。

他一下子跌入轮椅中,费力地喘着气。一时间,她以为爷爷又要发作了,爷爷却只对她眨了眨眼。

"谢谢你,小护士。"他转头看着那河,说道,"我现在没事了,把我弄回床上就行了。"

她皱着眉头,知道爷爷并未完全恢复,他现在的情况非常糟,而且需要立即送医院,至少也得找个医生来看一下。如果小木屋有电话,她便可以直接给爸妈打电话了。

"来吧,爷爷,让我扶您上床!"她开始推爷爷上坡。爷爷没说什么,但是至少看起来没有变得更糟。到达小木屋之后,她推着爷爷一路来到卧房。

爷爷回过头来对她说道:"我现在可以应付得了了。"

"不,您还不行。"

"我行的。"爷爷说。她根本不想与爷爷争辩,只是俯身向前,再次以双臂搂住他。

"我自己做得到的。"他嘴里还在嘟哝着,但她感觉出他并无意抗拒。他的双腿虽然还有些力量,却不太够用,显然不能独立站起来。杰西使足了劲儿,将他扶到床上,然后才发现忘了把床罩拉起来,而爷爷已经躺在上面了。

爷爷咯咯笑道:"我们俩对这个都不在行,是不是?"

她想要挤出笑容,却发觉自己笑不出来。

"别管这床罩了,"他说道,"我就在这上面躺一会儿吧。你能帮我把药拿过来吗?还有水。"

杰西帮爷爷稳住水杯,让他喝口水,吞下药丸。

"爷爷,您还需要什么吗?"

"把我的腿拉直,好吗?"杰西放下杯子,把爷爷的腿摆直,然后退后看着他。

"要不要我帮您盖条毯子?"

"不要,那样会太热。把它放在一边就行了。这样我需要时,便能拉过来盖上。去收拾我的画具,好吗?我现在没事了。"

杰西咬着双唇,想知道怎么做才对爷爷最好,她觉得应该去做更重要的事。眼前的危险应该过去了,但她祈祷爸妈能赶快回来。

"我回去拿您的东西。"她边说边往门口走去。

047

"杰西。"他叫道。

杰西停下来转过身。

"答应我一件事。"他说道。杰西走回床边坐了下来。

"任何事都行。"

"答应我,别把刚才发生的事告诉你爸妈。"

"可是……"

"杰西,听着。"他握着她的手说,"我没有足够的时间,我真的时间不够呀。"他紧盯着杰西的双眼:"你知不知道我在说什么?"

杰西眼帘低垂,点了点头。

"但是我要完成这幅画,"他说道,"而且我要在这里完成它。我不要进医院,还没到时候。也许到了最后,在必要时,我会进医院,但是我得先完成这幅画。到那时,我也不太在乎我会怎么样了。你明白吗?"

她不想明白,也不想答应他自己会保持沉默,将这一切封存在心底。她想在爸妈回来时便告诉他们,她觉得爸妈有权利知道。他们对爷爷的爱并不亚于她。

但她没有说话,只是又点了点头。

"去,去把画具拿回来。"他说道。

杰西努力隐藏起自己的难过,由屋里跑到屋外的阳光下。而站在屋前的正是爸爸和妈妈,还有一个男人。

第六章　艾尔福来访

"这是艾尔福。"爸爸介绍道,"艾尔福,这是杰西。"

"是杰西卡的昵称,对吗?"这男人说道,"我听他们多次提到你,很高兴能见到你。我有只猫叫杰西卡,但它不像你是个游泳好手,不过倒是挺喜欢吃鱼的。"他说完便向她伸出了手。

杰西脑子里想的全都是爷爷,因而对这一连串不相干的事情感到头昏脑涨,但是她还是握住了他的手,而她的手几乎立刻消失在他的大手中。他跟爷爷差不多年纪,看起来有些古怪,但是挺和气的。他身材高大,模样难看,有个塌塌的鼻子,就像是一块黏土不小心掉到他的脸上。但他的双眸清澈明亮,让她想起在看魔术表演的孩子的眼睛。

艾尔福看看四周说道:"这条河最适合游泳了。另外在普利茅斯那边还有片海滩,我姐姐住在那儿。她说住在那里以后,就不会再想住在别的地方了。她也养了只猫,叫嘉士伯。挺有趣的，杰西卡和嘉士伯两只猫现在还有点儿事。"

接着他又说起他有个哥哥住在南非，还有个姐姐和她先生、她的四个小孩儿住在伦敦，以及为什么他们虽然不喜欢伦敦，却不得不住在那儿的原因；还说到他的侄子、侄女们；他还很遗憾没有孙子，不过他又认为这并不重要。

杰西看着、听着，感觉有些焦虑，竟然没有一个人问起爷爷。如果爸妈再不说话，她就得马上打断这位老先生的话了。

妈妈对她微笑道："你一定想不到，我们去见葛瑞夫妇时，问起他们是否认识一个名叫艾尔福的人，结果发现他竟然是葛瑞太太的爸爸。"

"我女婿盖了这座小木屋，"艾尔福立刻又掌控了谈话的话题，"他在普利茅斯还有其他房子。他是个好人，手很巧。他和我女儿花了很多工夫在这些度假小屋上。倒不是说他们能从这儿赚到多少钱，因为他们俩都太老实了，不善于做生意。"

"听起来像是玩世不恭的人。"妈妈说道。

"一点儿也没错，"艾尔福显然完全没听懂她的意思，"不说这些了，那老小子在哪儿？"

"他在床上。"杰西回答。看到爸爸脸上的紧张神情，她连忙接着说:"在休息。"

爸爸眯起双眼问道:"他还好吧,是不是?"

"是的。"杰西别过脸回答,但无疑发现爸爸已经从她的表情中看出来她在说谎。"我去看看他是不是已经醒了。"他说道。

"别因为我去打扰他,"艾尔福赶忙说道,"别打扰他休息。我已经六十年没见他了,也不急于这一时。再等一两个小时也没什么差别,我们可以在这里聊天儿等他醒过来。"

杰西和妈妈交换个眼神。

"我还是要去看看他。"爸爸说着便走进小木屋。妈妈只好笑笑对艾尔福说:"爸爸看到你一定会很高兴的。"

"对这点我很怀疑。"艾尔福说,"因为他在我们小时候就不太爱理睬我,所以我也不奢望他现在会对我如何好。除非他变了,但那是更不可能的。"

杰西瞪着他,对他说的这番话颇感吃惊。但是艾尔福对他们说这些话时,并没有任何不悦或讥讽的神情,反倒是真情流露。杰西试着想象艾尔福小时候的模样,可能样子跟现在差不多,但一定是个大个子,有点儿装模作样,善良,还有令人难以忍受的爱嚼舌根的毛病。

爷爷应该不会想花太多时间和他在一起。

"他现在的脾气如何?"艾尔福问道。

051

"没耐性,"妈妈答道,"只对杰西例外。"

"啊?"艾尔福转了一圈打量着杰西,接着说道,"现在我能理解为什么了。"

杰西的脸红了起来,不过还好,爸爸刚好回来了。

"他醒着,不过看起来糟透了,脸色惨白,全身虚脱,没精打采的,甚至连我帮他拉床单时都没有力气骂我。"他看着杰西问道,"你确定他跟你在一起时一切都还好吗?他说他只是累了,可他气色太差了。还有,我觉得他很急于要完成那幅画。"

杰西低着头,不确定到底该说几分实话。

"他刚刚画了一会儿,我想那让他有些疲惫。"

"所以他还没画完?"

"还没。"

爸爸的脸色更难看了。

"我们的麻烦还没完呢!"

杰西看了一眼艾尔福,不知爸爸是否该在他的面前如此谈论爷爷。令她惊讶的是,艾尔福竟然自顾自地笑了起来。

"这么说,我来得还真是时候。如果他终归要发脾气,就让他冲着我来好了,你们也可以抽空儿喘口气。那情形一定就像我们小时候一样。"

"我想我们不会让那样的事情发生。"爸爸回答说。

但是艾尔福听了之后,只是笑得更加厉害。

"你不需要担心我,他小的时候就总是冲着我发飙,我也老是搞得他很不爽。你看,我不知道你们是否注意到,我有一种一说话就不停的毛病。这是别人说的,但无论如何,多少说得有理。但是你爷爷他……怎么说呢?他总是喜欢沉迷在自己的思绪里,又总是沉默寡言。你知道我的意思吧?问题是,他是方圆数英里内唯一的男孩,所以我总是会来找他鬼混,打发时间,而我不认为他喜欢跟我在一起。所以别担心——我已经非常习惯他对我的大呼小叫了。我小时候不会记仇,现在当然更不会。这一切就如同我所说的,就好像回到我们儿时一样。"

爸爸皱着眉头说:"好吧,但愿情况不会变成那样。还有,我已经告诉他你来了。他似乎并不惊讶你还住在这一带。"

"只不过蛮惊讶我竟然还活着,是不是?"

"是呀,他是说了类似的话。他说我们可以带你进去看他。"

杰西抓住爸爸的手臂问道:"爸爸,我现在可以出去走一走吗?"

"想去哪儿走一走?"

"我想去探险。"

"我和你妈刚才去探险时,你怎么不想去?"

"因为那时我想我该陪着爷爷。拜托啦,我不会走远的。"

"午餐怎么办呢?艾尔福会和我们共进午餐,而且……"

"我不饿,真的不饿,我只要……"

"但是我不希望你独自一个人在外面乱晃。"

"为什么呢?"

"因为……"爸爸迅速地瞥了艾尔福一眼,"我的意思是,这一带……任何事都可能会……"

艾尔福和杰西一样,一眼就看出他在想什么,于是说:"她应该会很安全的,只要不做傻事或者跑得太远。"他又看看杰西:"唯一的问题是,如果你真的发生了麻烦,可能几英里内都没人能帮你。"

杰西又想到她曾经清楚地感觉到有人在她身边的事,但是她并没说什么,仍然决定出去走走。

艾尔福继续说:"她看起来像是个聪敏的孩子,不会有问题的。在这附近走走应该不错的,一个人有点儿孤寂,但是我喜欢那种独拥天地的感觉。虽然有时我女儿和女婿不在,没人跟我说话,但是我的姐姐每周二和周六会从普利茅斯过来,在周三我们……"

"但是那条河怎么样呢？"爸爸赶忙问道,以此来打断艾尔福的长篇大论,"杰西可能会被它吸引。你说过人们可以在那儿游泳,但是那儿真的安全吗？"

"对于一位好的泳者来说是够安全了。不过,你女儿唯一要担心的是无聊。"他对杰西眨眨眼睛说道,"这一带连一个男孩都没有。"

杰西低头看着地面说:"我倒不担心这些。"

她现在非常渴望能独自一人出去走走。她需要静一静,以平息她内心对爷爷的担忧。爷爷也需要安静,而不是让喋喋不休的老友来烦他。他需要恢复元气与自信,再次尝试完成他的画作。即使他不在这儿,杰西都能感受到他的挫败感。只要一想到爷爷再一次心脏病发作就有可能被夺走生命,他所做的一切努力化为泡影,她就充满了恐惧。

爸爸仍然对她要单独外出感到担心,但没有再与她争辩,终于不情愿地与艾尔福走进屋内。

妈妈在旁边待了一会儿,才走过来说道:"带个三明治吧！"

"谢谢,不用了。我只是要……"

"我知道,没问题。"妈妈轻挨着她的手臂说道,"但是要小心,好吗？"

说完,妈妈便也走进了屋内。

River Boy

　　杰西站在原地,感到有些内疚,但仍迫不及待地出发了。她有个念头,自早上开始便已逐渐地酝酿成形,她知道现在的时机与那情绪正好对上了头。

　　她路过空地,收拾好画具,将它们一一带回小木屋,之后便转身兴致勃勃地往山上走去。

第七章　浏览河景

爷爷说山顶某处便是这河的源头，而她也有着极强的欲望想找到它。她不明白这是为什么，也许是因为内心对爷爷的忧虑，或者是某些难以名状的事情，令她觉得有必要去思考事物的起源，去感受一些比生命更持久的事物。

虽然她不愿意去想，但也知道她周遭的事物终有一天会消逝——树会枯，山会崩，甚至淙淙流水都有干涸的一天。尽管她不喜欢这么想，而希望它们的生命更持久。

好在这些事物看似永恒，这种感觉让她稍微宽心。

爷爷自然没有时间想这么多。他会告诉她要一天一天、一秒一秒地过，不要回想过去或臆测未来，只应活在当下，做一个精神的斗士。

那就是她对爷爷一向的看法：一个精神的斗士，一个掌握生命、与生命赛跑、将一切投注于生命的人。但当他的生命到了退潮之时，她不知道爷爷能否恩准自己用安宁的片刻去回顾过去,并评估自己此生到底完成了什么。

大概不会。他可能还是会坚持活在当下,直至生命的终点,然后才……

在那之后则是她不愿意去想的事情,往往来得相当快的事情。

她铆足劲儿往山上爬。双腿虽然越来越沉重,但她不断告诉自己一定要爬上去,即使找不到河的源头,仅仅观赏一些景致也值得了。幸运的是,有一条小径虽起伏不平,却紧依着小河而上,一眼望不到头。如果幸运的话,就可以一路领她至源头处了。

她停下喘口气,趁机享受一下河水向后方山谷流去时所发出的乐音。然后她眯起双眼,再次眺望山顶。

山顶上耸立着高大的树木,树尖高耸入云,似乎抓着天际在风中摆荡。但即使在这里,她也看得出山顶上岩石较多,因为树木稀稀疏疏的。

她加把劲儿再往上爬,此刻她不禁猜想爷爷小时候一定也走过这条山路,说不定他是和艾尔福一起来的。但爷爷是个独行侠,一向对别人没有什么耐性,所以杰西猜想爷爷八成是独自上山的,就像她一样。爷爷没有任何兄弟姐妹,却和她一样颇能自得其乐,或许是不得不如此吧。毫无疑问,他小时候就是这样的。

爸爸妈妈对爷爷的过去都知道得不多,因为爷爷从来不提。如果你问爸爸,他每次都会胡乱给个答复蒙混过去:"没什么好说的,唯一的现实就在眼前,而过去和未来只是从现在偷取时间的盗贼,只取不予。"

所以她从不问爷爷的过去、未来,也不问夺去他父母的那场大火,以及爸爸五岁那年便痛失慈母的事。爸爸对他的母亲几乎没有印象。尽管有时候杰西很想谈谈这些事,但是她还是对这些敏感的话题三缄其口。

她偶尔会自我解嘲:爷爷之所以对她比较容忍,就是因为她从来不会去烦他,而他不可理喻地认定其他人都在烦他。

不过这种情况极少见,且为时很短。有时候爸爸的眼睛会流露出某些他无法掩饰的东西,向她透露了他言语中所未表达出的信息,她的疑虑便因此减轻了。

她努力爬上山坡,估量着抵达山顶的难度,看来还有好长一段路呢。她犹豫了片刻,不知是否该掉头回去,等明天再来尝试寻找源头。如果她在外面待得太久,爸妈一定会担心的。

但那股继续前进的动力太强烈了,于是她加快脚步向前。河水依然在她身边跃动,奔流而过,小径却越来越窄。她再走一百英尺,小径便完全消失了。

River Boy

她停下来,顺着山坡往下望,小木屋现在几乎没有踪影了。她瞄了一眼手表,已经三点钟了,她真的该回去了。她再往山上望去,发现地面上的岩石越来越多,即使她现在已更接近山巅,却仍然不见树林的尽头。河流往上也越来越窄,依然有着嘈杂强劲的急流。

她继续往前,无法抗拒这源头的吸引力。这段路旁的树林较为浓密,潮湿的空气令人感到憋闷。她加快步伐,急着赶完这段路。接着,出人意料地,树木突然全都不见了,杰西眼前豁然开朗。

她发现自己正面对着一条狭长的山谷。山谷的两侧岩石耸立,一片湖水绵延数百英尺,清澈见底。湖的尽头是一道约四十英尺高的瀑布,水流由瀑顶落下冲击湖底石块,激起水花无数。

她难以置信地看着眼前壮观的美景,很快发现这片湖只不过是这河流中较大的一条支流。由她所在的地点,即接近出水口处的山谷来看,布满岩石的地面陡然下降,以至水流湍急地冲下斜坡,湖的远端便是瀑布下方的深潭。

河的源头必定就在这湖的上方。

她沿湖往上攀爬,一边努力在凹凸不平的地面上站稳,一边忍不住盯着湖面看。湖水清澈见底,湖中心处至少有十二英尺深,不难想到瀑布下方的湖水应该更深。但是在湖的出水口方向，湖底陡然升起，形成了一片浅浅的石滩，湖水便由此一泻而下，穿过树林一路奔流。

她前行走近瀑布下方的深潭，看到瀑布主流旁有许多旋涡，是瀑布落下造成的，又被下冲的主流牵引而下直至山谷。

杰西知道不该在此流连——她已经在外面逗留太久了，但她实在舍不得离开这地方。这儿似乎有一股魔力，如同小木屋那边一样，使她想要一探源头的渴望越来越强烈。就在这时，那种感觉又回来了。

有人就在这附近，距离她非常近。

但是她仍不能确信，因为她没有看到任何人。不过她仍不由自主地转身向四周的湖面、山石、树林搜寻着。这实在没道理，艾尔福说这附近方圆几英里内都没有人烟。但这令她更为忧心，如果这附近真的有人，而且不怀好意的话，她便孤立无援。

她握紧拳头，告诉自己别胡思乱想，也许只是有人正巧在这附近游荡，没有恶意。最可能的还是她的直觉出了问题，事实上她仍独自一人。

但很快她便看见了他。

瀑布的顶端，一个男孩的身影映着天幕——至少看起来像个男孩。虽然他的个子很高，但在逆光下，杰西很难分

River Boy

辨他是男是女。他似乎只穿了条黑色短裤，不过这也是猜的。她凝视着，等待着，不确定看到的是什么，也不知道该做什么。

那男孩动也不动，似乎没看到她，像是河流的一部分。这时她突然惊愕地发现，那男孩并不是站在河边，而是直接站在湍急的水流中，就在瀑布顶端的边缘。

她屏气凝神，希望看得更分明些，但是她的双眼因日光直射而开始流泪。她眨着、揉着双眼，再往上瞧。

但他已经不见了。

杰西等了几分钟，看着、听着、纳闷儿着，但是他终究没有再出现。

她怀着不安与胆怯，急忙转身下山，赶回小木屋。

第八章 探询小河男孩

她无须担心爸妈,他们俩都被艾尔福拴在爷爷的房间里,大家的注意力都在爷爷身上。

杰西很高兴,为爷爷高兴,因为纵使他如何不情愿,还是得到了很好的看护。当然她也为自己高兴。

她需要好好想想。她没提到关于小河男孩的事。没错,她也开始称呼他为小河男孩了。虽然这几个字与爷爷的画放在一起,让她有些心神不宁。

她没与他们一块儿留在爷爷的房间里,而是径直走到厨房坐下来,吃着妈妈给她留下的蛋卷,同时倾听着奔流的河水声以及艾尔福絮絮叨叨的说话声。

天哪,这老先生真是滔滔不绝。奇怪的是,竟然没有人阻止他。爷爷一定是累坏了,否则的话,恐怕老早就把他"碎尸万段"了。倒是爸妈应该表示些什么,但是奇怪得很,不知什么原因他们俩都一声不吭。她探头进屋时,感受到

River Boy

一种争执过后的紧张气氛。

如果真有争执,她猜最有可能的原因是,他们催促爷爷去医院就医,或者起码要请医生来出诊。

她不可能责怪他们这么做,不论爷爷多么想要完成这幅画,如果他再不接受适当的治疗,等到连握笔都费劲的时候,就更别提完成它了。

爷爷一定是毫不客气地拒绝了他们,才造成了如今这种紧张的局面,当然,也有可能只是艾尔福来访的缘故。他的到访让爷爷有些焦躁。

房间的门打开了,爸妈和紧随在后的艾尔福随即出现在她的面前。

"我明天早上还会来看他的,"艾尔福说道,"陪他一会儿。这样你们俩和女儿便可以有时间四处看看。"

"您太客气了,"妈妈说,"但是我们不想太麻烦您。"

杰西与妈妈相视而笑,心中都很明了这句话中的含义。但是艾尔福显然没领会到。

"噢,一点儿都不麻烦。我很高兴能够帮得上忙,也让他能换个人骂骂,不是吗?"

爸妈还没来得及回答,他又迅速地转向了杰西问道:"你去了哪些好地方?"

杰西垂下眼帘,思绪仍停留在爷爷和他的画作上,还有那个站在瀑布顶端的男孩。

"没什么特别的地方。"她回答道。

"你游泳了吗?"

"没有。"她迟疑了一下,然后向爸爸望去,问道,"我可以进去看看爷爷吗?"

"你没吃多少东西,"爸爸说,"要不要先吃完蛋卷?"

"我不太饿。我只想看看爷爷。"

"他现在可能正在睡觉,我想他累坏了。"

她想到爷爷发病后的情况,以及她对爷爷所做的承诺,便硬生生地将她想说的话吞了回去。

"如果爷爷在睡觉,我会马上出来的。"她一边说,一边赶在被叫住之前走了进去。

爷爷仰卧着,双眼紧闭。当他听到杰西进来时,便睁开了眼睛,向她伸出手。杰西抓住爷爷的手,跪在爷爷的身旁。

"帮帮我,"爷爷喃喃地说,"帮我。"

他没再说什么,也不需要再说。他的脸上除了痛苦,已经没有任何其他表情。他别过脸,往上直视着天花板。

她感觉自己的眼泪夺眶而出,连忙低下头来,怕爷爷扭头看到她的泪水。

"我会帮您的,爷爷。您知道我会的。"

River Boy

杰西知道是那幅画让他难过,于是她伸出手轻抚着他的头。他转过头来,面对着杰西。

"它不会有问题的,爷爷。"她轻声说道。

爷爷双眼湿润,但还是一言不发。

杰西发现厨房里空无一人。透过窗户,她看到艾尔福在门外游荡。爸妈虽然和他在一起,却明显地在想方设法脱身。她心想:不知爸妈是如何设法让他走出这座小木屋的。

不过,至少已有他打算离开的迹象,这倒是令人心情振奋。可是每回他都只是踏出一步,又再虚晃一招折回来,仿佛突然想起什么重大的事情非得告诉他们不可似的。

她冷眼旁观,希望她的父母能潇洒一把,别那么有礼貌。最后他终于决定要走,先迈开两大步,接着又是几小步。爸妈二话不说,赶紧逃回屋内。爸妈冲回屋内的速度差点儿让她笑出来。

他们俩还真的就快了那么一步。就在他们刚刚关上门的当口儿,艾尔福又转身想叫住他们了。

杰西暗自偷笑,希望艾尔福不会从窗户外看到她。还好他只是再转过身,又摇摇晃晃地往小径走去。

杰西突然想起了一件重要的事,在跑向厨房门口时与正走进来的爸妈撞了个正着。

"杰西,慢慢来。"爸爸说道,"什么事这么急?"

"我得问艾尔福一件事。"

"你确定你有时间听完他的答案吗?"

杰西大笑起来,从爸妈的身边走过。但爸爸一把抓住她的手臂说:"杰西,我不想这么说,但是……"

"我知道,别再带他回屋里。"

爸爸有点儿不好意思地笑了:"他人挺好的,但就是……你知道的,没完没了。"

杰西冲到屋外,穿过空地,向小径奔去。艾尔福没走出多远,他的步伐缓慢而沉重,就如同他说话时的状态一般。但是当他听到杰西赶上来时,便转身停了下来。"杰西小姐,"他一本正经地看着她,接着眨起了眼睛说道,"我以为你今天已经受够我了。"

她低着头,内心真希望他这些话只是恰巧言中,而不是早有所感。

"我想问您一些事情。"她说道。

"尽管问。我一向乐意回答任何问题,只要我回答得了。"他自顾自地笑着,"甚至有时候回答不了也要回答。"他深深吸了一口气,准备发表长篇大论,但杰西抢先一步打断了他。

"您说这附近没有太多人。"

"没错,更没有像你这般时髦的年轻人。"

River Boy

"没有什么？"

"时髦的年轻人！哎，没什么啦，我只是开个玩笑，只是说这里没年轻人。这里和普利茅斯不同，那儿就有很多年轻人……"

"但一定有一些人住在这附近。我是说，跟我差不多年纪的人。"

"觉得寂寞啦？你才来一天而已。我一向都说这里不适合十几岁的年轻人来玩，除非有兄弟姐妹或者朋友陪着来。像你这个年龄的孩子，不会有时间和心情去欣赏花和鸟的。"

"但您以前一定有时间和心情做这样的事，我爷爷一定也有。我是指当他还住在这里的时候。"

他轻抚着下巴："我想你说得没错，虽然我从没这么想过。我小时候，有伙伴陪我时才喜欢这地方。"

她猜想这个伙伴就是爷爷，难怪他俩总是针锋相对：一个男孩渴望有伴，另外一个却希望独处。杰西想到这儿忽然觉得自己有些跑题了。

"所以这儿完全没有和我差不多年纪的人？"

"几英里之内都没有。不过普利茅斯市中心现在开了一家俱乐部、一家迪斯科舞厅和一个速食店。年轻人全都喜欢聚在市中心那一带，喧闹得很呢。他们是不会到这里来的,这儿太安静了,没什么意思。"

她紧紧盯着艾尔福,想要听到百分之百确定的答案。

"所以也没有男孩?"

"男孩?没有,没有男孩,就像我之前跟你说过的。"

杰西看向别处,现在她该走了。他已经把知道的事都告诉了她,而且恐怕觉得她是个奇怪的女孩。

杰西再次看着艾尔福,不知是否该继续问下去。

"你们……你们这附近有很多徒步旅行者吗?"她还是忍不住问了。

"徒步旅行者?没有吧。普利茅斯那边比较多,他们一般选择临海的小路。噢,我姐姐曾经担任过普利茅斯徒步旅行者协会的主席,一直到她老得走不动了为止。我自己倒不常去,我不是那种喜欢走路的人。"

她想起艾尔福走路的样子,强忍住笑,追问道:"但是一定有一些人会来这边的小径吧?"

"可能有吧,但肯定不多。这里太偏僻了,前不着村后不着店,也没个酒吧什么的。我一直遗憾的是,这里没有酒吧。如果可以选择的话,我是会离开这个地方的。但是我的父母和老婆都是最近几年才过世的,孩子和我一起经营这份小小的产业。接着我的女儿梅根和女婿搬来与我同住,因为他们想要出租这些度假小屋。所以你看,我不能抱怨自己总是一个人。"他又对她眨眨眼,"但我还是忍不住抱怨。老顽皮,是不是?"

她向小木屋望过去,说道:"我该回去了。"

艾尔福看着她,笑道:"好吧,杰西小姐,该回去就回去吧!"

罪恶感令她有些难过,因为她竟然这么急于脱身。艾尔福其实没什么不好,也许她对他有点儿苛刻了。

她没等艾尔福再开口便走开了。

晚餐时,她试着透彻地思考整件事。

艾尔福告诉她的事实完全说不通,当然,他所说的也未必是事实的全部,不能因为他没看到太多徒步旅行者,就代表一个都没有吧。而且这男孩可能并不是单独一个人来的,而是和家人一起来的,也许他们就在附近,只是她刚好没法儿从她所在的地方看到罢了。如果她爬到岩石上,应该就能看见他们一家人都在山顶漫步,也许他们也在寻找那河的源头。

但是那男孩看起来一点儿也不像是徒步旅行者。他站在河流中央,而且仅仅穿着——她确信——一条短裤。他穿成那样子不可能走得太远,所以他和家人不是住在附近,就是在附近租了小木屋。当然按照艾尔福的说法,这是不可能的。难道他们只是开车到这附近走走?

但是这儿只有一条路上山，就是这条由普利茅斯跨过山谷的曲折小径。她没有看到任何车子。

她看着餐桌对面的爷爷沮丧地坐在轮椅里慢慢地嚼着食物。至少现在他不再抗拒坐轮椅了。但是她知道，对爷爷而言，让人四处推着走是多么难堪的事。

妈妈开口了："杰西，你还好吗？怎么这么安静？"

她看到爷爷的目光射向她。

"我很好。"她忙说道，"只是在想事情。"

"那就好。"

爷爷盯了她好一会儿，才低下头继续吃他盘中的食物。

晚餐后，他们推着爷爷到客厅里看电视，她看得出整个晚上爷爷的心思都在别的地方。那幅未完成的画就放在这间屋的角落里，斜靠在墙上，静静地对她诉说着。而爷爷故意背对着画，不去注意它，这反而证明了他有多在乎。

相反地，她整晚不停地看着那画，虽然也看着电视，甚至也回答着爸妈的问题，但整个人的精神都集中在这幅画和那个神秘的小河男孩上。

她要上床睡觉时，深信"瀑布顶端站着一个男孩"的想法已逐渐淡去，剩下的只有那微妙的神秘感。

第九章　夜里看到小河男孩

但是在夜里,她又看到他了。

流水声将她从不安稳的睡眠中唤醒。她站起来走到窗边,远眺清明月色下的那片空地。一个身影在河流中移动。

她全身僵硬地盯着他看。虽然那身影被黑暗笼罩着,但仍有足够的月光让她看清楚她想看见的东西。

那正是瀑布顶端的男孩——小河男孩。

她靠在窗台上,但那男孩并没朝她这个方向看。他全部的注意力都在这条河流上。他缓步走着。现在杰西看清楚了,男孩只穿着一条短裤,低着头好似在研究着这河水。

杰西凝视着,半是疑惑,半是害怕。这个男孩到底是什么人?他半夜在河水中做什么?

男孩朝窗户这边望了过来。

杰西赶忙后退躲开他的视线,等了好一会儿,忍不住慢慢探出头来四下观望,刚好看到他顺流而下,绕过小木屋,往低地的方向走去。他的身影渐渐消失了。

她快速地冲下楼。她得彻底解开心中的谜团,问清楚这男孩到底是谁。他为什么在这里?做什么?这男孩看起来很温和,杰西没有理由不跟他说话。

杰西胡乱地穿上外套,在前门慌乱地拿起钥匙开门,希望声音不会传出去。门终于开了,她溜出小木屋,双手将睡袍拉到膝盖,穿过空地向着小河跑去。但那男孩已不见了踪影。

她呼吸急促地环顾四周。没道理呀,她赶到这儿所花的时间,只够那男孩走上几步。

但她只看到河水从身旁流过,没有任何人涉水而过的痕迹。她把外套拉紧些,突然觉得自己很脆弱,接着她全身一紧。

有个人影朝她走过来。

还好,那是爸爸。她很惊讶自己竟会朝他奔去。

"杰西。"他轻声叫着。

杰西伸出双臂抱紧爸爸,爸爸也搂住她,轻抚着她的头发,两人无言地相拥。

又过了几分钟,爸爸才轻吻她的额头问道:"怎么回事?"

她退后些,抬头看着爸爸的双眼回答道:"我也不知道,我……我不知道我到底是怎么回事。我想大概是因为这个地方,它就像……"

"像什么?"

"我不知道,像是有什么东西在这里。我们刚一抵达时,我便感觉到了。"

"你是说鬼魂吗?"

"我不知道,并不是什么可怕的东西——我指的并不是那一类的东西,而是……"

她咬着嘴唇,知道自己不能提到那个男孩。爸爸从来都不相信那些"鬼念头"——那些科学无法解释的事情的统称。但是爸爸并没有嘲笑她,这令她稍感宽慰。

"我知道什么事情困扰着你。"爸爸说道,"你是在担心爷爷,对吧?"她点点头,试着表现出愉快的样子。

"爸,我现在没事了。"

"那我们进屋去吧!"

他们手挽着手,走向小木屋。

"要不要打赌,你妈根本就没醒来过。"

"她一定醒来过,因为我在开门时,声音大得不得了,然后你又跟着跑出来。"

"咱们赌什么?"

杰西停下来想了一会儿才说:"你要帮我买一盏像样的

台灯。"

"如果我赢了呢?"

杰西想了一会儿才答:"我会清理工具间的垃圾。"

"你本来就该清理的。"

"这次我一定会清理干净的,一回家就做。"

"好吧,一言为定。"

父女俩握握手,然后走进屋内。这时,忽然传来一声大叫,那是爷爷的吼叫声:"发生了什么事情?为什么大家都跑来跑去的?"

"没事。"爸爸也高声回应着,"一切都很好,你没事吧?"

爷爷念叨了几句,没有再说什么。

他们等了几分钟,确定爷爷没事之后才走上楼。爸爸探头往主卧里窥视了一下,然后回过头来看着她说:"你输了,回家清理工具间吧!"

"证据呢?"

爸爸大笑着打开门,让她看看妈妈躺在床上的睡相。妈妈一只手垂在床边,孩子似的熟睡着。"真希望我能像她睡得这么香。"他说,"亲爱的,我也希望你好好睡一觉。"

"我现在没事了。"

"好吧,如果你还担心的话,可以随时进来叫醒我们,好吗?"

River Boy

"好的。"

回到房间后,她试着让自己再次入睡,但那男孩的身影不停缠着她。经过几个小时的辗转反侧后,她终于明白自己是得不到安宁的,只好爬下床信步走到窗前,倚着窗台凝视着窗外的夜色。

第十章　爷爷失踪了

一直到天快亮时,她才又躺回床上,试着入睡。昏昏欲睡时,她的思绪仍停留在爷爷和小河男孩身上。

当她醒来时,发觉阳光已由窗外射进来,而妈妈坐在床边。

"杰西,爸爸刚才告诉了我昨晚的事,到底怎么了?"杰西打着哈欠,妈妈赶快说,"如果你还是觉得困,不用现在告诉我,我们可以待会儿再谈。"

"不,没关系。"

她揉揉双眼,思考着该说什么。她心里很清楚,她不会跟任何人提到小河男孩的事,至少在她弄清楚之前不会。到现在为止,她甚至还不确定他是否存在,更何况爸妈的麻烦已经够多了。她不想让大家担心。

"我也不完全明白到底发生了什么事。"她终于说,"就像我对爸爸说的——这地方有些怪怪的。"

"有些鬼怪？"

"不,不是鬼怪,只是古怪。我原以为是有鬼怪,但是并没有,只是感觉上像……就像时间并不存在。"她坐直身子说,"没错。"

妈妈点点头:"我也感觉到了。我明白你的意思,那就像我们陷在某种时间的扭曲缝隙之中,这也许是我们的心理活动作祟吧!因为我们都已经习惯了都市多变的生活,这地方却一直没什么改变,至少是从爷爷儿时以来就没什么改变。"

"他说感觉不一样了。"

"好吧,也许他觉得有些不同,但我想那是因为他离开时还是个孩子,而现在他上岁数了,他的感觉也必定与那时有了极大的差异。我倒不认为是这个地方本身有了太大的改变,而是我们自己变了。"

杰西躺在床上,再次陷入思考中。

"你想回家吗,亲爱的?"妈妈问,"你知道我们随时可以回去的。"

"不,我们不可以。我们得留下来,为了爷爷。再说我也喜欢这里,真的。"

妈妈叹气道:"没错。原先整个计划都是为了爷爷,但是如果你真的不乐意,我会跟他说清原委,并且承担后果。

再说,我知道你爸爸会支持我的。我们很抱歉,最近一直只顾着爷爷,你一定觉得我们忽略了你,或许我们真的是忽略了你。"

"我没有这么想,你们也没有忽略我。我们不需要离开,我只是有种……有一种……怪异而又荒谬的感觉罢了。你们不必再为我操心了,我们应该把爷爷的事放在第一位。还有,如果爷爷问起你,千万别告诉他昨天发生的事。"

妈妈捏捏她的手说:"好吧,我们会留下来。但只要你觉得这地方让你感到不舒服而想要回家时,我们便立刻收拾行李离开,好吗?"

"没这个必要的。"

"如果真有必要,我们就这么办,好吗?"

"好啦!妈,就这样啦!"

"还有,既然你提起爷爷,有件事我想跟你谈谈。"

"那幅画?"

"没错,那幅画以及他的健康状况。你一定注意到了,昨天爷爷的病情又恶化了不少。当你出去逛时,我和爸爸试着说服爷爷让我们带他回家就医,那儿的医生比较清楚他的状况。"妈妈翻了翻眼皮,继续说,"总之,我们觉得他在医院会舒服些,那医院不错,而且医护人员都很和善。但是爷爷根本不吃那一套,所以我们只好采取 B 计划。"

079

River Boy

"你是说普利茅斯医院？"

"没错，按照艾尔福的说法，它规模比较小，但条件还可以，至少比爷爷在这里干耗着、乱发脾气要好得多。可是他对 B 计划更反感，甚至不让我们叫医生来出诊，还说他不要见任何医生。"

"那你们打算怎么办？"

"我们告诉他再观察二十四小时。如果没有好转，不管他愿不愿意，我们都要叫医生来。唉，那个可怜的医生得冒着被咬掉脑袋的危险来这里出诊。这也是我和你爸爸昨天比较紧张的缘故。"

所以昨天她的感觉是对的，她很清楚爷爷反对去任何医院、见任何医生。他知道医生一定会和爸爸妈妈一样，劝他去医院。

"还有就是那幅画，"妈妈继续说，"他的一颗心全系在那上面，却什么都不肯跟我们说。我看得出来，你比我们知道得多——和往常一样。我想我应该嫉妒你，因为爷爷会告诉你他绝不会告诉我们的事情，但是，我很高兴爷爷信任你，他总得有能和他说话的人。"

妈妈耸耸肩说："无论如何，以爷爷现在的状况来说，最重要的是我们尽量让他有机会完成这幅画。当然我们得先防范艾尔福，别让他把爷爷弄疯了。如果他能完成那幅画,或许就能获得心灵的平静。"她皱起眉头又说:"这样他才能面对并接受事实。"

杰西抬头由窗户望了出去,聆听着淙淙流水声。

她想:也只有这样,自己才能弄清小河男孩的秘密。

她将爷爷安顿在河边的老地点,只不过是坐在轮椅里,现在爷爷倒已能接受这一点了。爸妈私下和她说好,他们会守在小木屋里,随时观察艾尔福的动向,一旦他出现就把他直接领到厨房喝咖啡。

她确定爷爷需要的东西都备齐了以后,便沿着河岸慢慢踱到几英尺外,尽量不走出他的视线范围,同时观察爷爷是希望她待在一旁,还是要她待在他能随时招呼她的地方。有时候爷爷喜欢她待在身边,但通常爷爷只要知道她在附近就满意了,只要她不晃来晃去、让他分心就行。

她还没走太远,便听见爷爷的叫喊声,于是立刻转身跑回爷爷身边,试着表现出高兴的样子。但是蛮难的,因为爷爷看起来苍老衰弱得很,就像漂流到海滩上的枯木残枝。他眼中的火焰都稍稍暗了些,一夜之间他仿佛老了二十岁。他弓着背坐在轮椅里,雕像似的一动不动,在耀眼的阳光下他的脸颊显得更苍白。

"坐在我旁边好吗?"爷爷说道。

杰西坐在她固定的位置,也就是爷爷的正前方,背对着

River Boy

画架,好让爷爷知道她看不到画,除非他准备好要让她看了。然后她静静地等着爷爷开始作画。

但是等了好一会儿,她没听到任何动静,这倒也正常,因为有时候他会凝神瞪着天空数分钟之久,或者闭目沉思如何将他所看到的景象转换到画布上。这些都会花点儿时间。但是这次他沉寂得太久了,她知道一定有什么地方不对劲了。

她看见爷爷正在无声地啜泣,眼泪流下双颊。她跪在爷爷身边,抓住爷爷的手。

"我做不到,"爷爷啜泣道,"我下不了笔。"

"您做得到的,爷爷。"

"我脑中的那幅画非常清晰,但是我……我就是不能……"

爷爷费力地喘着粗气,不得不立即停止说话。她等了几分钟,让爷爷平静下来。

"爷爷,灵感会回来的,"她说,"它一向都会的。您也知道通常得花些时间才能启动它,就像那幅挂在前厅里的抽象画,记得吗?还有那幅旧教堂和那幅马背上的女孩的画。这些画,您都是酝酿了很长时间,才开始真正动笔的。"

爷爷看着她,依然泪湿双眼地说道:"你不了解,这次不是我心理的问题。"爷爷的目光往下移:"是手的问题。"

"您的手怎么了？我能做些什么……"

"我没办法控制自如，我提笔的时候会觉得痛。不，别叫你爸妈，请留在这里陪我，我过一会儿就会好了。我只是……我只是不知道我还剩下多少力气罢了，我想我只能尽量忍耐，全力以赴了。"

他用力吐了一口气，然后盯着这幅画埋怨道："它本不值得我花这么多力气，这是我画过的最糟糕的一幅画。"

杰西看着它，感觉到她的思绪再次陷入那经爷爷杰出技巧所呈现出来的谜样河水中，也再次想起小河男孩——不论是她曾见过的男孩，还是她渴望见到的男孩，都在她眼前的这幅画里。她希望爷爷今天能将小河男孩绘入画中，但那希望越发渺茫。

"爷爷，我还是喜欢这幅画。"她说道。

"你喜欢它。"爷爷喃喃道，并没有不高兴的意思，然后缓慢而痛苦地伸出手，一边拿起画笔一边说，"走吧，别烦我。"

"我以为您要我陪着您。"

"是吗？可是我现在很好，不需要你陪。走开吧！"

"可是爷爷，我喜欢留在这里。"

"不，你不喜欢的，你脑子里想的是游泳。我不会责怪你的，这天气挺适合泡泡水。走吧，别让我看到你。如果有

River Boy

需要,我会叫你的。"

他说完,看都不看她一眼,便开始埋头作画。

杰西看着爷爷好一会儿,事实上他并不太好——实在不太好。而他那故意皱着眉头、假装专注作画的夸张神情,只是想打发杰西走开,却丝毫没有说服力。爷爷真是看穿了她的心思,虽然她担心爷爷,但是满脑子仍想着小河男孩,并且还真的想去游泳。

杰西徘徊了几步,然后回头望着爷爷,只见他皱着的眉已经展开,嘴巴微张,目光遥视远方,终于真正地融进画作之中。

杰西径自笑着,爷爷就是一个如此单纯、如此可爱的人——不论他有多少缺点。她试着让自己不要因为看到爷爷挥笔作画时那种备感痛苦的神情而感到不安。

"你还没去游泳啊?"爷爷头也不回地叫道。

虽然爷爷没说出来,但是她知道自己晃来晃去的已使爷爷分了神。

"我不会跑太远的,爷爷。"

爷爷嘟哝了几声,没再说什么。这是一个好现象,因为这表示他已经全神贯注于作画了。也许他今天就能完成这幅画。

爷爷突然咳了起来。

她知道那意味着什么,于是一秒钟也不敢耽搁,立刻脱下衣服,踢掉鞋子,拉平身上的泳衣,忙不迭地跑开了。

顺着河岸的曲线,她寻找到一处适合跳水的深水区域。

她感到这段河流与她昨天游泳时的河流大不相同。林地在此处就已将她与河水隔开了,只有条小径往前伸展。

她往右瞧,看到小径沿着山谷一路通往普利茅斯。而坐落在那山脊上的便是艾尔福的房子,那座他住了一辈子而且永远也不会离开的房子。

她停下来往后看,那些树木和河湾遮住了爷爷的身影。她心中迟疑着,不知是否应该回去看看爷爷的情况。无论如何,她觉得自己还是别走得太远,免得爷爷叫她。

接着她突然全身一僵。

那感觉又回来了,有人就在旁边。

她环顾四周,除了树木和林间奔流的河水外,什么也没有看到。她等了几分钟,尽可能站着不动,只是转动头部看着、听着。

什么都没有。

她继续往前走,心中七上八下的。她经过昨天早上游过的地方,再回到树林中,觉得待在林中要比岸边隐蔽些。此处河面约四十英尺宽,两岸的林木更加茂密了。

她来到另一处空地,走近水边。这里是跳水的好地点,

River Boy

但是那种有人就在身旁的感觉,让她退缩了。她注意到身旁有截树桩,于是站了上去,从高处观察水面。这里的水流强而有力,越往下越深。

这儿的确是跳水的好地方。没有水草缠身,水的深度也正好,各方面都很理想。她再一次环顾四周,仍没看到半个人影。

这真是越来越荒唐了:她可以在这儿站上一整天,却看不到半个人影,到头来泳却游不成了。于是她握紧拳头,准备要跳水了。

紧接着,她听到附近响起水花的声音。

她赶忙从树桩上跳了下来,跑回林间。她恨自己的临阵脱逃,又无法让自己的脚步停下来。她听见扑腾水花的声音,接着回归沉寂。她又跑开一些,目光在河面上搜寻。

突然一个人破水而出。

正是那站在瀑布顶端的男孩——杰西非常确定就是他。他一定是从她右方某处跳下水,以极快的速度逆流而上的。

那男孩似乎没看到她。

男孩把头埋在水中,开始以强劲有力且令人赞叹的自由泳逆流而上。杰西匍匐向前,尽量贴近地面,好靠近一窥其真面目,但她看到的只是一头黑色的乱发和一条黑色的短裤。

那就是他，绝对是他。而且他游起泳来就像一条鱼，正如杰西一般，甚至有过之而无不及——虽然她不愿承认这一点。他好像无所不能：仰泳、蛙泳、蝶泳……他轻松地变换着各种泳姿，似乎在逗弄着这流水。然后，他突然停下来，四脚朝天漂浮在水面上，任自己顺流而下，朝着杰西的方向而来。

她注视着，试着看清男孩的面容，但他仍在上游远处，让流水载着他往回漂到他出发的地方。那男孩逐渐漂近时，杰西再往后退了些，隐入茂密的枝叶中，但双眼仍紧盯着他。男孩似乎完全不在乎这河水会将他漂流到何处，只是望着天空，身体舒展放松，如同躺在床上一般。他的手臂完全没有划水的动作，似乎与这河水融为一体，他仿佛是由河流本身孕育而成的生物。

然后，就在她以为男孩会靠得更近些，能让她好好看清他的长相时，男孩又突然翻身潜入水中。

这河水似乎要把男孩整个包住。她看见男孩在水面下像刀子般划过河水往下游游去，接着，树林便遮住了男孩的身影。

她赶忙跑到河岸边，倾身向前望，等待着男孩浮出水面，但是男孩并没有上来。她抻长脖子，往水面四处搜寻。

River Boy

仍然不见半点儿他的踪影。

突然,她听见一声呼救:"救命啊!"

杰西倏然转过身。

那声音是从爷爷的方向传过来的,但那不是爷爷的叫声,而是艾尔福的呼喊。

杰西冲进树林,拼了命地奔跑。那地面原本是柔软的草地,但现在她赤着脚便觉得它坚硬无比。她尽全力朝小木屋的方向奔去,满脑子关于小河男孩的思绪顿时消退,取而代之的是对爷爷的关切。

前面便是空地,画架和颜料都在,岸边的艾尔福一直往水里张望着,轮椅就在他身边,却空空如也。

"爷爷!"她大叫道。

看不到爷爷的踪影,连那幅画也不见了。

她看到爸妈从小木屋跑向他们,艾尔福转过身来面对着杰西。

"爷爷呢?"她赶忙问道。

"我不知道!"艾尔福显然被杰西惊惶的神态给吓到了,"我刚到这儿,便看到这把空轮椅停在河边。我正在看是不是……"

爸爸上气不接下气地赶到了,妈妈紧跟在后。他们大步走向艾尔福。

"我爸爸呢？"他突兀地问道，"我们怎么没看到你从小径那边过来？"

艾尔福显然因他所遭受的待遇而感到难过，于是清清喉咙说道："噢，因为我是从那边山脊下的捷径过来的，天气好的时候走走路挺好的……总之，我看到那老小子坐在画架旁，便想从这边下来去找他。呃，我在树林里完全看不到这里。当我走出树林、走进空地时，才发现他和他的画全都不见了。接着我便看见空轮椅在岸边，而我想也许……你知道的……"

爸爸踱到岸边往河里看。

"他在做什么？他没回到屋里。如果他回屋里，我肯定会看见的，因为我们刚才就在小屋楼上。"爸爸瞟了杰西一眼说，"我以为你陪在爷爷身边的。"

"我本来是跟爷爷在一起的，但是他想要一个人作画，还说我可以去游泳。"

"但是你看起来不像游过泳。"

"我还没下水，只是朝下游走了一段，就听见艾尔福的叫声了。"

"好吧，那你现在可不可以下水看看？看是否能……"他停了一会儿，才呼吸急促地接着说，"看你是否能找到什么。顺流而下往前找，如果他真的做了蠢事，他可能已经……"爸爸停了下来,然后突然转身离开:"我再回屋里查看一下,以防我们看漏了。艾尔福,你可以待在这附近吗?"

"好的,我当然可以,我还可以……"

但爸妈早已返身向小屋跑去了。杰西也丝毫不敢耽搁,纵身跳进水中。

这边的河床太浅,并不适合跳水,但她已有所准备,在触底之前,便伸手把自己往上推,直到破水而出,再划水往河中央游去。

爸爸嘱咐她要顺流而下。

她极力把恐惧抛到一旁,专注于眼前的任务,心中祷告着别让她在水中找到爷爷。她知道这幅画对爷爷有多重要,再加上挫败感高涨,连他的手也发生了问题。如果他很难提笔,如果他觉得永远都无法完成这幅画,那种无力感可能会击垮他,使他万念俱灰,不想再活下去……而河水又是这么近……

她抛开这些恼人的思绪,努力朝下游而去,并且保持头部在水面上,以便能四处搜寻……没有爷爷的踪影,她再一次祷告,别让她在这儿找到爷爷。

几分钟过后,她停下来踩水前进,巡视着河岸,仍无所获。但令她惊讶的是,她发现自己满脑子都是小河男孩的身影,就是那个不久前她才看到的在这片水域中游泳的男孩。

她开始颤抖起来。

一切的一切,都开始令她觉得怪异而且吓人。她看到男孩的身影出现在不应出现的地方,还有那幅该有男孩却不见男孩身影的画,接着她看到了爷爷,这一切的怪现象似乎都和这男孩有关系——但是爷爷到底在哪里呢?

爷爷是不可能跳水的,他的意志坚强,不论有多么绝望,也绝不会允许自己这么做的。杰西急忙往回游,游到那处空地,迅速爬上岸。艾尔福仍站在那儿。

"您看到爷爷了吗?"杰西上气不接下气地问道。

"没有,你爸妈也没找到他。如果你想跑去通知他们,我可以守在这里。"

杰西冲回小木屋,发现妈妈在屋旁的树丛里搜寻着。

"我找不到他。"她告诉妈妈。

妈妈一边四处张望,一边问:"你游了多远?"

"往下游方向游了几百英尺,我不认为他会去更远的地方。如果他真的……"杰西掉过头去,眼泪夺眶而出。

妈妈赶紧靠过来安慰她:"放轻松,也许事情并没有看起来那么糟。你知道爷爷的脾气,他也许只是想出去走走罢了,压根儿没想到要跟我们说一声,说走就走了。"

"但是他连站都站不起来呀!"

River Boy

"这点儿困难怎么可能阻止他做他想要做的事呢?他不在屋子里。你可不可以往上游找一找?也许他往那个方向去了。"

"爸爸呢?"杰西问。妈妈朝对岸的树林里指了指。

"正在对岸搜寻。我不认为爷爷能从这边经过而不被你爸爸看见。我们刚才一直在那上头张望着,等待艾尔福。"

"但是你们也没看到艾尔福过来呀!"

"我知道,我们一直盯着那条小径,所以很有可能没瞧见爷爷从这边过来,但这也无法说明他现在到底在哪儿。噢,我的天哪,艾尔福过来了。"

杰西转过身,看见他正朝她俩蹒跚走来。

"我在想,"他慢慢地说道,"我是否应该回去叫我女儿和女婿过来帮忙?我想人多好办事,而且我们可以……"

"不用了,"妈妈很快地打断他,"你的好意我们心领了,但我们想要再多等一会儿后再找人帮忙。我们知道你住在哪里,如果需要更多人帮忙,我会开车过去找你的。我还抱着他会自己回来的希望。"

"好吧,你知道可以到哪儿找我。我一直认为在这种情况下……"

"谢谢你,但是很抱歉,我得继续去找人了。"妈妈挤出一丝笑容说,"我们真的很感谢你的帮助。我们找到他以后,一定会通知你的。"

"好吧!"艾尔福的神色暗淡下来。显然他还有话想说,但妈妈已走开,沿着河岸走去。

杰西本想与妈妈一起走的,但不知什么原因,她突然关心起这位老先生的感受。这实在莫名其妙,时间如此宝贵,她很清楚不该给他任何开口的机会,但她还是不由自主地走向艾尔福。

"您刚才本来想要说什么来着?"她问道。

艾尔福的眉头顿时舒展开来,相当讶异有人会主动请他发表意见。似乎是为了不辜负杰西的信任,他的回答如此简明扼要,让杰西不敢相信这是艾尔福的回答。

"他老是喜欢搞恶作剧整人。"

杰西瞪着他,试着弄懂他的意思,并等着他做进一步的说明。但这次艾尔福却沉默不语地穿过空地走向小径,消失在杰西的视野中。

过了一会儿,杰西听到有声音问道:"他走了吗?"

杰西倒吸了一口凉气,然后才听出那是爷爷的声音。那声音虽然嘶哑疲倦,但绝对是爷爷的声音。杰西环顾四周,却找不到他的踪影。

那声音再次响起:"你是瞎了,还是怎么了?"

"您在哪儿?"杰西高声问道。

River Boy

唯一的回应是爷爷的笑声。

杰西泄气地四下张望,她原以为可以轻易地锁定声音的来源,但流水声干扰了她的听觉。她的目光扫过小屋、树林、河流和小径。

还是没有爷爷的影子。

他的声音又一次响起,还带着些许嘲弄:"我还在想,你一向都能猜透我的心思。"

"那我得先让自己变成神经病才行。"她愤愤地大声顶了一句。

她耳旁响起的还是爷爷的笑声。

那声音似乎来自小屋旁,但是她看不到半个人影。她往前门走了几步,接着便等候在那边倾听着。爷爷没再说话,但是她感到自己已经靠近爷爷了。

她跺着脚叫道:"爷爷,您到底在哪里?您到底在干什么?"

"做点儿练习。"爷爷回答,而这一次回答泄露了他的行踪。她绕着小屋跑过去,然后往下看。

放在那儿的是"车顶棺材",盖子仍然是合着的,看起来就和他们把东西搬空后留在那儿的样子完全一样。

"您认为这样子很有趣?"她问。

短暂的沉默后,箱子打开了一条细缝,露出一双充满笑意的眼睛。杰西弯下腰,把箱盖完全抬起。

爷爷躺在里面,紧抱着那幅画,他扭曲着身体好把自己塞进箱内。他的双眼仍旧闪烁着光芒,似乎对自己开的玩笑相当得意。但突然间,那光芒减弱了。

"把我弄出这箱子。"他喃喃地说。

杰西往下伸手,试着扶爷爷起来。但他实在是太重了,而且一丝力气也不剩,使不上力。

杰西摇摇头,说道:"爷爷,您为什么非要做这种事情呢?"

爷爷躺了下来,朝上看着她,说道:"我看到艾尔福从山脊那边走过来,不想跟他打照面,所以就想我最好先闪到一边等他离开。"

"爸妈怎么会没看见您呢?他们就在小屋里呀!"

"易如反掌。他们俩全看着另一个方向,而且我并不是由空地中间过来的,而是沿着河边穿过树林,这样他们就看不清楚了。然后我再从小屋的另一侧过来。"

杰西看着那幅画,但是爷爷很快就摇摇头说:"别问我画的事情,我还没完成它。我的手和胳膊太痛了,我没办法动笔,再加上看见艾尔福冲着我走过来,只好放弃了。"爷爷的脸色突然转暗,接着又说:"我觉得不太舒服。"

他经过这番折腾,真的把自己累垮了,睡了整整一个下

River Boy

午。杰西坐在厨房餐桌旁,跟看着杂志的爸妈比耐性。她感觉他们周遭笼罩着一股在等待什么的紧张气氛。

等待爷爷起来,或是等待他一觉长眠不醒,她无法知道。爷爷打鼾的声音传遍整座小屋,稍微驱走了大家那不安的感觉。但在鼾声中,杰西仍可听见河水的淙淙乐音源源不断、无所不在,这便是她早已习惯的声音。

傍晚,艾尔福又来了,重重的脚步声穿门而入。他硕大的头险些撞到小木屋的横梁。他没问爷爷怎么又出现了,只简单地说他很高兴没发生任何意外,然后便和杰西一起坐在餐桌旁,等待爷爷醒来。

爷爷在晚上八点钟醒来了。让杰西觉得尴尬的是,爷爷只叫她一人进他房间。

她走进房间,坐在爷爷的床边。爷爷费劲地伸出手,握住她的手。

"明天陪着我,寸步别离,因为有个白痴医生明天要来看我,我想他肯定会说服我住院。"

"您是该住院的。"

"别跟我说这些。"

"但您真该住院的,也许不用待太久,只是为了度过危险期。"

"如果我进了医院,那就没法儿再出来了,除非是被横着抬出来。你妈妈没有权利打电话给医院的。"他闭上眼睛问道,"那是艾尔福的声音吗?"

"是的。"

"你去把这老傻子带进来吧,看在他又大老远一路蹒跚走来的分上。"

"您为什么不喜欢艾尔福?我知道他话太多,可是他实在是一个好人。"

爷爷睁开一只眼,瞄着她说道:"我够喜欢他的了,但我是不会告诉他的。去吧,去把他带进来,不然他们又要认为我难缠了。"

爷爷的确又闹别扭了。杰西一言不发地把艾尔福带进房间,然后让他们俩独处。爸爸煮了些汤,杰西把扑克牌收好,便坐在餐桌旁静静地喝着汤,心里很清楚爸妈在一旁一直看着她。过了好一会儿,爸爸说话了:"杰西,你心里到底在想些什么?"

她望着餐桌对面的爸爸,试着整理自己的思绪。现在她的脑子里有太多的影像,有太多难以言喻的奇怪感觉,而这一切的一切都围绕着爷爷。

"如果不想说,就别告诉我们了。"爸爸又说,"你只要告诉我们你没事就行了。"

她看到爸爸脸上的急切神态,赶忙回答:"我没事,真

River Boy

的,请不要担心我,我只是脑子里有太多的事情。"

有些事情在牵引着她,她不确定那是什么,只知道是一种深刻的、强劲的力量在牵引着她,让她无法抗拒,如同河流不可抗拒地被牵引着流向大海。她移开目光,希望他们别再追问了。

妈妈站起来说话了:"我去看爷爷能不能喝点儿汤。"

"你可能得用汤匙喂他。"爸爸嘱咐道,"他的手完全没有力气。还有,艾尔福可能也想喝些汤。反正我们还有很多,不是吗?"

"应该够吧!我本来就打算问艾尔福的。"

妈妈离开后,杰西隔着餐桌看着爸爸。他正望着窗外的河水,双唇紧闭,眯着双眼,好似看到外面有什么东西。杰西马上就想到了小河男孩,她也赶紧往外瞧。

但一如往常,除了那条河流以外,什么也没有。

她伸出手想要碰触爸爸,但伸了一半,又缩了回来。爸爸并没看见她这种举动,于是她便把那只手和另一只手交叠放在餐桌上,然后低下头把脸埋在臂弯里,闭上双眼,再次倾听那滔滔的流水声。

她脑海里的影像也随着水声翻腾着,一路奔向思绪以外的地方。

第十一章　夜晚再遇小河男孩

那天晚上，她站在卧房的窗前，再次寻找小河男孩的踪影，却只看见山峦和树的影子，还有在星光下闪着粼粼波光的河水。

也许她今晚见不到他便再也见不到他了。这样也好，因为他的出现太过离奇、太不可思议，反而令她觉得有些不安。然而她明白自己已陷了进去，陷得很深，到底为什么，连她自己也不懂，但她渴望见到他，他是解开那幅画的秘密的部分线索。或许，甚至是秘密本身。

她倾听着屋外潺潺的流水声，思索片刻后，便蹑手蹑脚地走下楼，拿起起居室里爷爷的那幅画，将它放在窗前的月光下。

这幅未完成的河景，此刻看来更加难以捉摸，少了那个男孩，它只能算是半幅画，半个梦，而且注定只能如此。现在爷爷已无法完成这幅画了，因为他连把汤匙拿到嘴边的

River Boy

力气都没有了,当然也就无法拿起画笔,再画一笔也不可能。

果真如此的话,她觉得错全在她。如果当时她没有沿着河岸跑走,而是留在他身边,事情就不会发生。虽然他叫她别陪着他,只管去游泳,但这并不表示她应该这么做。如果她留下来陪他,或许可以阻止他一看见艾尔福就跛着脚躲开,使他残存无几的体力消耗太多。现在他的气力就好像沙漏里细细落下的沙子。

她随即皱起眉头,知道如今再怎么责怪自己也于事无补了。她再一次端详画作,努力看清每个细节,却不想打开灯。说也奇怪,那一瞬间,那幅河景在她心中,似乎与窗外流动的河流融为一体。

她感到一阵冷风吹来,不禁打了个寒战。

这到底是怎么回事?她所见、所听、所感觉的一切事物,此刻似乎只是一种幻象,一种知觉与印象交织成的幻象,就像她此时以无限温柔紧握的画。她忽然听见窗外有些动静,全身不由得为之一紧。

有个身影再次朝河流移动。

她紧抱着那幅画,睁大眼睛死盯着那幽暗的身影。是他,绝对错不了,否则还会有谁在夜里独自朝河边走去?他简直像是故意走向小河,好让她看见。

他忽然停下脚步，转过脸来面对着她，月光照在了他的脸上。那一瞬间，她觉得他看见了自己。但她还没回过神，他又很快地转头而去，留下困惑不已的她。

他又移动脚步，在河中前进，和先前一样，只穿着一条黑色短裤。接着，他便消失在她的视野中。她倚着窗台，手里仍紧抓着那幅画，竭力鼓起勇气。随后她放下画作，匆匆走出房间。

这回一定不能让任何人听见她离开小屋，尤其不能让屋里的人听见。她走到楼梯口，驻足片刻，侧耳聆听。没有脚步声，也没人在后面叫她。她拿起挂钉上的外套，套在睡袍外，然后转动钥匙——这回毫不费力——她出门跨入夜色中。

晚间的空气飘散着芳香，夜风轻柔，树梢几乎一动不动。小河就在数英尺外流动，河水无情地切开土地，不分昼夜，无视她的存在，一刻不停地奔流。她环顾四周，搜寻小河男孩。

但不见他的踪影。

她拉起睡袍下摆，轻轻跑向停车场的空地，车子在月光照耀下闪闪发亮。他也不在这里，一定是走到河面较宽的河段去了。

她沿着河边的树林往前跑，一直跑到较大的空地，小路

River Boy

在这里绕着河谷转弯,河面因而变宽了。爷爷今天下午就是在这里努力地作画,尽管最终没能画成。倏地,她再次全身发僵。

在那儿,就在那河流中央,男孩正在河里游泳,动作缓慢而悠闲,但是游得很快。她赶忙躲进树林里,暗中观看。

她很难不嫉妒他的泳技。他每个动作仿佛都带着一种狂放。很显然他并非受过专业训练,而是一个天生的游泳好手、一个充满力量与优雅的泳者。她不由得驻足观赏,并由衷赞叹。

他猛然转身,这令她大惊失色。他开始往回游,游向她,以强劲稳定的动作划着水,轻松地逆流而上。她往后退着,一边思索万一他一直朝她游来,她该怎么办。她有心与他交谈,但现在并未做好准备。

她开始颤抖。从他突然停止划水、凝神注视的表情可知,他一定看见人影了。不过她躲在树后,只露出脸来,他未必能看得见她。她强迫自己不要有任何唐突的举动,继续看着他。

他依然朝她这边望。她竭力看清他的面貌,却只看见她先前就已注意到的浓密黑发。他的脸庞笼罩在阴影中,而且离得太远,很难看清楚。

他仍旧一动不动。现在她已停止了颤抖,但两眼仍紧盯

着他不放，似乎在等待他有所行动。可是他只是一味地凝视着她藏身的那棵树。

他看不见她，她告诉自己他看不见她。可是她越是看着他，越是确定他正等待着她。

紧接着，他出人意料地突然转身，游向第一个河湾，从她的视线中消失了。

第十二章 放弃作画

早上,爷爷面如死灰。

费威勒医生从普利茅斯赶来,杰西一眼就喜欢并信任上了这位年轻的医生,不过她怀疑爷爷可能会给他甩脸子。爸爸带医生去看爷爷,然后回到厨房和杰西以及妈妈待在一起。

医生很快走了出来,对爸爸说:"你父亲病情严重,他还待在这里做什么?应该马上送他去医院才对。"

"我希望你来跟他说。"爸爸答道。

"我是说了呀,但他怎么也不肯搭腔。"

爸爸闻言,皱着眉说:"他拒绝去医院。"

"唉,一定要劝他去。他留在这里不好,他需要适当且持续的医疗看护。"

"我们已经劝过他,但他就是不肯。我们没办法硬逼着他去。"

"是没办法,但我们一定要试着让他理解。"医生说着转向杰西,出乎她意料地问,"你可以劝劝他吗?我刚才离开他房间时,他只说了一句话,要你进去。"

她瞥见爸爸的眼神,继而垂下眼帘答道:"好的。"

可是和爷爷谈了老半天,他还是只有一种回应,不去就是不去,再多的争辩只会使他更加抗拒。

此后,费威勒医生便每天中午来为爷爷做检查,然后出来叮嘱他们该怎么照顾爷爷,直到确定他们全都明白了为止。

杰西觉得照顾爷爷的工作使她变成了连轴转的陀螺,整天都得保持清醒。她不管自己因缺少睡眠而产生的副作用。她只注意着爷爷,和他周围出现的越来越浓厚的绝望阴霾。

她知道爸妈也注意到了这一点,但他们都不说什么,爷爷更是绝少开口。他一直躺在床上沉思,他的身体仿佛会随着时间的逝去而渐渐消失,即使他们喂他吃饭,给他洗澡,协助他如厕,给他吃药……他等待着。

她了解爷爷希望死得有尊严,但也纳闷儿他为何仍拒绝去那能让他舒服得多的医院。是什么令他至今仍不愿离去?那幅画永远也无法完成了,因为他的双手根本没法儿举起笔,何况他根本没提到那幅画。

River Boy

爸爸也很痛苦,但那是不一样的苦楚,她看在眼里疼在心里。她很清楚爸爸渴望爷爷的爱,但他总是压抑着,不像她。她看着他忙进忙出,做的事比任何人都多,一肩挑起照顾工作中最辛苦的部分。那些事情爷爷不想麻烦她或妈妈,否则他会觉得尴尬。

可是,爷爷似乎仍不肯给爸爸好脸色,说些令他暖心的话,哪怕只给一个眼神也好。她知道爸爸很渴望得到爷爷的肯定却总得不到,这件事令她很难过。虽然她从不曾听过爸爸的抱怨,但她知道爸爸伤心透了。

她好一阵子没看见小河男孩了,不过,近来她也没去河边。虽然每天早上她还是会换上泳衣,但那只是习惯使然,并不是真的要去游泳。她照顾完爷爷后,若还有点儿空儿,总是舍弃游泳而去休息一会儿。由于爷爷的病情危急,再加上爸爸的情绪低落,她几乎无暇想到河流或游泳,还有那个奇怪的男孩。

只有那幅被弃置一旁的画才会令她偶尔分心,但她想的并非画里的谜,而是画这幅画的爷爷,如今他卧病在床,气若游丝,危在旦夕。

现在艾尔福天天来,有时带着葛瑞先生和太太,但通常都是他独自来。不知怎的,杰西发现艾尔福现在颇受她家人的欢迎。他的装腔作势不再令她反感,因为他会轮班坐在爷爷身边陪伴他。当然,和爷爷做伴可不是件容易的事。

他现在几乎已掉入了一个彻底沉默的世界。

没想到事情又有了转机。那是爷爷叫她进去陪他的第七天,她独自进房,拉把椅子靠近床,然后轻声问他:"爷爷,您今天要和我说话吗?还是想继续当一个可怜的老废物?"

"可怜的老废物。"

"噢,那还好。我刚才还以为您不太对劲呢!"她听见他咯咯地笑起来,那是开朗的笑声——许多天来,她第一次听见他这么笑。可惜笑了一会儿,他又回复到阴郁沉寂的状态。

她凑近他说:"爷爷,告诉我,您到底有什么心事?"

他望着别处,沉默良久,她还以为他不打算回答她了。不过他还是开口了,但声音十分低沉,低得她几乎听不清楚。

"没用了。我现在绝不可能做到了。我还以为……希望……或许我休息一下,就会恢复力气,那……"他转过头望着她,继续说,"你最好把我送到普利茅斯那座废船厂去。现在我没法儿完成那幅画了。"

她抚摸着他的手,想捏紧它,好把自己的力量灌注到他的体内,但她最终松开了手,担心她会捏痛他。

107

River Boy

她没想到情况会糟到这种地步。她知道,对爷爷而言,这一定是无法忍受的事。挫败——他一定自认为如此——这种心理打击比任何身体的病痛更令他痛苦。坐在轮椅上被人推进医院病房、饱受委屈、心怀怨恨,然后在画作未完成的情况下抱憾而终,她无法想象爷爷会这样子离开人世。

然而,她内心绝无这种想法。对她而言,她越是想到这个处于生命最痛苦时期的骄傲老人,想到他所完成的许多美好的作品,她就越发敬重他。

她清楚地看见了他的失败,但这个老人——她挚爱且崇拜的老人,此刻悲伤落寞地躺在床上的老人——不应该有这种想法。

"您不是失败者,爷爷,您不是。"

"我知道自己是什么。"他的声调降得更低了,"去告诉你爸爸,我准备明天早上去医院。"

他面无表情,她明白这是打发她走的意思。此刻她真想抚摸他、拥抱他、亲吻他,但她知道他无论如何都不会接受别人的同情。

然而,要她压抑着不表达内心的情感,那也要付出极大的代价。

她夺门而出,强忍住泪水。爸妈正好走进来,她从他们身边冲过去，冲出房子，一口气跑到河边，在岸边跪下。

事情就这么结束了。他真的真的心碎了——她从没想到过自己会目睹这情景。那幅即将完成的画，还不如从未开始画过。说真的，如果真是这样，对爷爷来说反而更好。他动手画每一幅画时都忘我投入、废寝忘食，直到他自己设法从画中抽离出来为止。而现在，这幅画却犹如他生命的空缺，终将在他体内逐渐腐朽，使他在生命快到尽头时更加痛苦。

她踢掉鞋子，脱掉穿在泳衣外的衣服，走进河水中。河水清凉，正午的暑热顿时消失，但今天她觉得了无趣味。

她涉水走向河床平坦处，那儿水深及腰，她驻足凝视波光粼粼的河面。今天真是游泳的好天气，暖和又没风，她好像已经好久没置身于河水中了，似乎连河水都渴望着她的加入。

但她想大哭一场，泪水也终于夺眶而出。她放声哭泣，想着爷爷，想着他的生命与梦想都将消逝。

忽然，她身后传来一个平静的声音："你为什么哭？"把她吓了一大跳。

109

第十三章　与小河男孩初次对话

　　小河男孩就站在河水中,离她只有几步的距离,正默默地注视着她。

　　她倒吸一口气。她方才丝毫没听见或感觉到他是怎么走近的,或许是湍急的流水声加上她悲伤的情绪使她没有注意到身边的动静。她在毫无防备的情况下被人撞见,觉得窘极了。

　　他依然静静地站在水中,似乎不只把她,而是把周围的一切事物都视为理所当然。她打量着他的脸,他的眼睛也在一头浓密的黑发下注视着她。

　　他的面容称不上世俗标准的俊美,却有一种出奇的震撼力,尤其当他眼珠转动时。他炯炯的双眼似乎会放电,她理应感到畏惧,但他的目光却又带着一抹温柔,而且他好像很关心她。

　　"你为什么哭?"他又问。

她将双手伸入强劲的水流中,并不打算向一个陌生人倾吐心事,于是反问道:"你是谁?"

他张口正要回答,但她内心的某种力量——某种急切而难以理解的力量促使她出声制止了他。

"不,"她低下头,比刚才更难为情地说,"别告诉我你是谁。"她的声音越来越低,继而又自言自语道:"让这个秘密维持得久一点儿吧。此刻我无法承受更多的事实。"

她抬起头,看见他举步向前,于是本能地退后一步,但他只是从她的身边经过,走向水深处。

她盯着他,为自己露出的紧张神色感到丢脸。他显然不会对她构成威胁,再说他只是问了一句话而已。他走到树丛尽头,然后回身对她喊:"你想问我什么就尽管问。"

她垂目注视水面,内心仍思忖着是否要一股脑儿把所有的疑惑告诉他。她有好多问题想问:你是谁?住在哪里?你是怎么学会如此高超的泳技的?又怎么会突然出现在我的生活里?

还有许多为什么……

但她知道自己还没做好发问的准备,至少还没准备好听到他的答案。她内心深处明了这男孩和爷爷的命运息息相关,而知道了答案便意味着真相大白。

突然间,她意识到自己害怕得知真相。

111

River Boy

　　她不愿交谈。他倒不以为意,只轻松地钻进水里,顺流而下,游了一小段距离,然后翻转身子在水面漂浮,就像那天她在河边偷偷看他时的样子。

　　那似乎是好久以前的事,而她是多么盼望能够再看见他呀!现在他终于出现了,而且并不急着离去,只是平静而悠闲地躺在水里。他似乎遗世独立,不需要任何人陪伴。可是当她强忍住泪水时,他关注她的神情简直像大哥哥照顾妹妹似的。

　　她跨入树丛边的水里,站在那儿,迟疑片刻才开口道:"是……是因为我爷爷。我是说,我是为了他才哭的。"

　　他一言不发,但她感觉出他停下了动作,在全神贯注地听着。

　　她接着说:"他快要死了,谁都没法儿救他,而且……而且他死前还有心愿未了。"

　　她移开视线,垂眼望着河面,半晌才说:"他想画一幅画,那幅画很重要,对他而言意义重大,但他的胳膊和双手虚弱无力,已无法完成它了。"

　　她觉得泪水又涌了上来,连忙擦擦眼睛。男孩转过身,朝她游过来,两眼一眨也不眨地盯着她,随后在距她几英尺的地方停下并站起来。两人在湍急的水流中面对着面。

　　"你来完成那幅画。"他告诉她。

"可是我不会画。"

"他会。"

他的双眸如火焰般熊熊燃烧着。她看着他,既迷惑又有些害怕:"可是我刚才说过,他的双手没有力气。"

他眼中的火焰更加炽烈了。他说:"你来当他的双手。"

她转开脸,无法再承受他灼灼逼人的目光,只好一头潜进水里。她的脸浸入清凉的河水,那种清爽的感觉令人愉悦,然后顺流快速地划水前进,尽可能将脸浸在水里。

她不管他怎么样,只是不停地顺流向前游。她真是受够了,爷爷生命垂危,这男孩又跟她说这些奇怪的话。她必须离开,必须游泳,必须做些别的事,就是不能交谈和思考。

她游了好几分钟才停下,站起来在水中行走时才意外发现,自己不知不觉中竟已游过了第一个河湾。她不禁转身回望她游过的河段。

就在几英尺外,小河男孩也在涉水而行。他气定神闲,大气也不喘一口。接着,他甩开眼前的发丝,开口对她说:"如果你爷爷完成心愿后才去世,你是否就不会那么难过了?"

"是的。"她有些勉强地回答他。

"那他是否也会好过些?"

"当然会啦!"

113

River Boy

"那就帮助他。"

她皱起眉,不知如何回答。他游向她,游到离她一英尺外的前方停下,紧盯着她的脸,期盼地问:"你也会帮助我吗?"

"你?"她诧异地瞪着他反问,"这是什么意思?"

他垂下眼帘:"我必须做一件事,这件事对我而言十分重要。我现在不想谈,但它是我生命中最大的挑战,可是……我有些害怕。"他说完这些又睁大眼睛问:"你愿意帮助我吗?"

她向别处望去,试着去理解这个奇怪的请求。听他的口气,似乎真心期待她的帮助,且他的语调透着先前所没有的迫切。可是她明白以爷爷目前这种情形,她不能做任何计划。男孩似乎完全明了她的忧虑,于是问:"如果你爷爷完成了那幅画,你肯不肯帮我?"

"我不知道,"她觉得自己好像被困住了,"那要看他的情况而定。我是说,我想帮你,可是……唉,我没法儿做任何承诺……就这样,好吗?不过,如果我有空儿的话,你希望在哪里碰面?"

"在河的源头,后天黎明。"

"源头?"

"你得爬上瀑布的岩石,不过只要小心点儿,并不会很困难。"

"可是为什么要在一大早?"

"因为我要做的事很费时间。"

这件事越来越离奇了。

"呃,我得回去了。"她说。

"可是你会来吗?"

"我不知道。"

"答应我,至少你会考虑一下。"

"可是……"

"只要你说你会考虑。"

"好吧,我会考虑,可是我没说我一定会来。一切要依爷爷还有爸妈的情况而定。"

她这么一说似乎就令他满意了。

"我会等你。"他说。

她瞪着他,感到有些为难。

"呃,我真得回去了。"她不等他回答,便朝前方游去。这一次她还是没有回头看,却知道他又和先前一样尾随在后。她游了许久,在距他们稍早碰面的树丛只有几英尺远的地方停了下来。她伸脚踩着河底,转身去找他。

他却不见了。

整整一个晚上,小河男孩的话就像单曲循环的歌儿一

115

River Boy

样萦绕在她心中挥之不去。她一直都在帮妈妈准备晚餐,不过削马铃薯皮、切菜、洗米时,总是心不在焉。爸爸进入房间喂爷爷吃完东西,出来时还是一张满是愁容的脸。一家三口默默地坐下用餐。经过一段漫长的静默后,爸爸突然开口,打断了她的思绪。

"杰西?"

她抬起头,看见爸爸正注视着她。

"杰西,我很抱歉。"

她强迫自己摆脱内心世界的活动,回到她所爱的家人之中。

"没什么好抱歉的。"她说。

他的手伸过餐桌,握住她的手说:"我想你应该知道,爷爷希望我们明天送他去医院,他不得不承认现在该去医院了。但愿情况不要就这样发展下去,我很希望他能完成那幅画,在他……"

他说到一半就停了下来,深锁着眉头,握紧她的手。"我依然祈祷他能撑过去,一想到他……我真无法忍受……"他忽然停住,沉重地呼吸着,"可是,杰西,听我说,我很抱歉自己最近一直都把全部精力放在爷爷身上,几乎没有注意到你。我知道你也和大家一样不好受,而且可能会更难过。"

"用不着说抱歉。"她想起小河男孩的话,于是说道,"可是爸爸,我们非得明天就送爷爷去医院吗?"

"是他自己想明天去的。你有什么建议吗?他本来就不应该离开医院。上天知道,我和你一样不希望他离去,可是我不能眼睁睁地看着他在这里受罪。我们这么做是为了他好。"

"杰西,你心里在想些什么?"妈妈这时开口问。

"我也不知道,我只是……"小河男孩的话又浮上她的心头,她犹豫着说,"我……我明天早上可不可以和爷爷独处一会儿?明天一大早?在你们叫救护车来之前?"

"你想做什么呢?"爸爸问。

她转过头,望着窗外渐暗的河面。

"我想做他的手。"她回答。

第十四章 完成画作

一早,她独自去看爷爷。他醒着,但那双紧盯着她的眼睛却使他显得疲惫不堪。

她放下餐盘时,爷爷喃喃地说:"我不要吃早餐,我要到医院再吃,如果我受得了那里的食物的话。"

"您今天不去医院。"

"我要去。"

"不,您不能去。您今天要画画,所以您最好吃点儿早餐。"

他沉下脸对她说:"我不画画,我再也没法儿画了。如果我不能画画,我也就不想活了。再说我也不饿,你只是在浪费时间。"

"别再跟我争了,把嘴张开。"她把吐司切成小块,拿起一块凑到他面前说。

"我说过了,"他气急败坏地说,"我不要……"他看见吐司凑过来,连忙闭上嘴。她以责怪的口气说:"我就把吐司一直拿着,直到您像个好孩子一样张开嘴吃掉它为止。"

他嫌恶地看着吐司好一会儿,继而小声抱怨说:"上面都没有涂橘子酱。"

听了爷爷的话后,她伸手拿起小刀,蘸了些橘子酱抹上。她两眼仍盯着他,吐司也仍凑在他嘴前。他打量着她,露出不得不服从的神情,接着张开嘴,让她把吐司塞进去。

"你真是顽固透顶。"他一边缓缓嚼着吐司,一边数落她。

她伸手又拿起一块吐司,回他一句:"不知道我这点像谁呢!"

他静静地吃完吐司,目不转睛地盯着她,仿佛在猜想她接下来会怎么做。接着她拿起了咖啡壶。

"我不要喝咖啡,"他凶巴巴地瞪住她说,"我真的不要喝。"

"好吧!"

他向后仰躺到床上,气喘吁吁地问:"现在几点了?"

"八点。"

"你爸妈呢?"

"还在睡。"她想到爸妈此刻八成正坐在楼上担心呢,因为他们说好了不下来,可又关心她究竟要做什么。好在他们信任她,并未强迫她说明到底打算怎么做,也好在他们猜不出她下一步的行动。

"好了,爷爷,准备开始!"

他抬眼注视着她,问道:"你要做什么?"

"扶您坐起来呀!"

"可是我动不了。"

"您可以,您当然动得了。"

"我不行,我也不想动。救护车来了,我才会动。"

"今天救护车不会来。我跟您说过,您今天不会去医院,现在还不去。"

"我要去。"

"您不去,您今天要画画。您要好好坐起来,完成那幅画。我会协助您的。"

"别胡闹了!"

"我没有胡闹。我们不要做无谓的争论了,我不会放弃的。"

这时候他已气得七窍生烟。她看得出他急于摆脱她,但她却不顾一切地保持信心,相信他的意志与勇气。最重要的是,他对她的爱——她很清楚,那是她实现目标的唯一筹码。

"您要画画。"她坚决地说。

"我跟你说过,我的双手动弹不得,我根本就没有力气。你要我怎么画呢?"

她凑近他,目光炯炯地盯着他说:"可是我有力气。您可以用我的手,我们一起来完成那幅画。"

他扭过头去,仿佛急着躲开她的注视,好久不发一言。后来他突然转过头说:"呃,我不在床上作画,我从来不在床上画。"

"那我扶您坐上轮椅。"

他瞪着她数落着:"天哪,我从没见过这么顽固的人。"

"我倒见过。"

"上天保佑那个娶你的男人。"

"我去推轮椅。"

她趁他还没改变心意之前,匆匆走出去,从起居室推出了轮椅,一直推到他面前。

接着她便面临着一个大问题:谁来为爷爷穿衣服。

倒是可以叫爸爸下楼来替爷爷穿衣服,可是她不想这么做,她不想让任何人来扰乱爷爷此刻的情绪,即使是爸妈。所幸爷爷天生的顽固脾气化解了这个难题。

"谁都别想替我穿衣服,你只要替我盖条毯子就可以了。如果我不想画了,我就回到床上,不论你说什么都没用。"

她弯腰想扶起他时,他又缩了回去,说道:"我可以自己坐进轮椅,谢谢你了。"

"您开什么玩笑呀?"

她拉开被子,伸出双臂抱住他,轻轻把他拉起来,把他的唠叨当作耳旁风。

"哎呀,爷爷,腹肌使点儿力嘛,可不能全靠我呀!"

"凶巴巴的。"他使劲凑向她,念叨着。

他还能骂她是个好现象,至少说明他还有力气和她吵。只要他还有力气活下去,就有力气画画。

"如果你再这样死命拉扯我,我还没病死,就被你折腾死了。"他叨叨着。

"反正最近您自己都不想活了,这又有什么差别?"

她把他的上身轻轻拉到床沿,然后一边将他的双腿抬到轮椅上,一边交代说:"靠着我,爷爷。"

她感觉出他的双臂搭上她肩膀,想抱住她。他的力气虽不多,但还是能抬起胳膊的。她暗地祈祷他一定要留存足够的力气来完成眼前的工作,她也希望自己不仅能抬起他的身体,还能振奋他的心情——至少让他撑过这些折腾。

她更希望能克服自己内心的疑虑,从而坚持去做她相信对他好的事情。

但显然这么做风险极大。如此费尽心力地作画,很可能会随时随地要了他的命。然而,她越思索小河男孩的话,就越觉得她这么做有道理。死亡已经如此接近,她觉得她足够了解爷爷,清楚他宁愿冒着少活一两天的危险也想完成心愿,以便能了无遗憾地死去。

她终于把他搬进了轮椅,然后把轮椅转过来对着房门。

"毯子。"他简短地叮嘱她。

她拿起毯子,披在他肩膀上。

"不,盖在我腿上。"

"您的腿?"

"就是最下面那两根细细的东西。"

"不必那么尖酸。"

她把毯子盖在他的腿上,然后把轮椅推向大门。楼上无声无息,但她知道爸妈一定听见了他们走动的声响。她祈祷他们千万不要下来。如果他们发现她要干什么,一定会阻止她的。

可是没有人从楼上叫她,也没有人出现在楼梯上。

她打开大门,把爷爷推出去,再把门关上。

"今天很适合画画,爷爷。"

"只要艾尔福不出现就好。"

"他今天不会来,他到普利茅斯看他姐姐去了。"

"真是可惜。"

她一言不发地把他推往河边,前往上次作画的地点。

River Boy

"没有画架我不会画。"他闹着别扭说道。

她锁好轮椅的刹车,俯身凑向他的额头,盯着他的眼睛问:"这些年来,我忘过几次您的画架?"

"噢,我只是想提醒你。"

她咯咯笑起来,亲吻他的额头,数落他一句:"坏脾气的老家伙。"

然后,她跑回屋里去拿画具,估计爸妈正等在那里,要她说明她到底在搞什么鬼。得知实情后,就会坚决要她立刻停止。

不过楼上依然毫无动静。

十分钟后,她架起画架,摆好画,一切都准备就绪。

她从屋里给自己拿来一把椅子,坐在爷爷身旁,思索着该如何开始。他显然还没准备好作画。她发现他的脸色苍白得像鬼一样,整个人仿佛正在她眼前渐渐消失。他全身上下只有双眼中还有光彩,现在就连那抹光彩也在暗淡下去。

可尽管他气若游丝,她还是看得出他的意志尚存,它成为他撑到现在、活着完成最后挑战的唯一力量。

还好,爷爷终于对他的画表现出了一些兴趣,她总算松了一口气。

"我不知道我们到底要怎么做。"他注视着那幅画,缓缓地开口说，"我握不牢画笔。没有你的帮忙，我连手臂都抬不起来。"

"我们做得到的，爷爷，我们可以合作。"

"你要对我有耐心。"他思索片刻后，不太情愿地说，"我嘛……呃……我也会试着培养对你的耐心。"

她露出笑容，问他："您打算怎么培养呢，爷爷？"

"如果你一直这么厚脸皮，我可就没耐心了，所以你还是闭嘴，把那画架挪过来点儿吧。我的手够不着，你要我怎么画呢？"

她笑着照他的吩咐挪好画架。

"您想先用什么颜色？"她问。

"替我调些黑色。"

"黑色？"

他挑起眉毛瞪着她问："你听不懂我的话吗？"

"好吧，黑色。"

开开玩笑也好，对他们祖孙俩都好，不过她知道现在不是开玩笑的时候，她必须让他专心。她依他的指示准备好黑色，然后等待着，不知接下来该做什么。但他率先采取了行动。

他的手挣扎着伸向前。她看得出他想做什么，于是伸手拿起画笔，放在他的指间。他盯住她的眼睛，然后朝那幅画点点头。

"我想……我想从右上角开始画起。你可以……你可以……"

"抬起您的手臂？"

"对,用你的手握住我的手。我自己好像没办法……"他话还没说完,手里的画笔便垂落下来。

"让我来。"她一面说,一面坐在椅把儿上,帮他用手指握牢画笔。

"别握得太紧,否则我没法儿控制。对,就是这样。现在让我来蘸点儿颜料……来试着……"他皱着眉说,她感觉出他想举起手臂。可是他又重重地喘着气,颓然说道:"没用的,我抬不起那要命的玩意儿。"

"让我来,爷爷。"

她的右手握住他的手指稳住画笔,左手下移托住他的肘部,轻轻抬起他的手臂。

"会痛吗？"

"有一点儿,可是……"他又瞪着那幅画说,"我最好还是……"

但她感觉得出他的手已伸向前,眼睛无比专注地盯着画,那模样活像个即将灭顶的人发现了一丝得救的希望。就凭着这股专注,她感觉出一丝活力贯穿他的全身。

画笔在画布上抹了两笔，留下新的痕迹。

"往下，"他喃喃地说，"我要往下……不，不是那样，动作小一点儿，往下移，把我的手拉回去。"他用画笔在空中比画了一下，又说："就像那样，明白了吗？向下的动作轻点儿，否则我们会弄混的。来吧！"

她又把他的手带回画布前继续画。一笔一笔，那片小黑影便渐渐呈现出来，使河景笼罩上一层犹如羽毛般的黑雪。她的双臂已开始发痛，得马上想办法缓解一下才行，可是她又不敢打断他难得能持续一会儿的专注。

她想了好一阵子，然后小心翼翼地将左手肘部撑在腿上以支撑他手臂的重量，不过她的右手就没法儿省力了。她知道自己只能忍耐。

他似乎丝毫没有注意到她的动作。他的脸庞呈现出那种她一直渴望见到的聚精会神的光彩。现在他除了简短地指示一下她如何移动他的手，还有他想要用哪一种笔触之外，大多一言不发。

可是，他一直持续着那种画法：向下画小点，而且是黑点。这是最令人费解的地方。他显然知道自己要画什么，可是随着画笔每一次动作，所呈现在她眼前的影像却是扭曲变形的。画作的右侧从上到下蒙着一片黑影，现在他又绕回上端从头照样画一遍。

127

River Boy

  朦胧的河景还是那样清楚地呈现在画作中央,然而右上方那片奇怪的点画效果使一切改观了。他画完了上面,接着画左侧,依然用黑色油彩。经过好一番努力,他终于完成了他想要的,而且显然相当满意。

  她有些好奇,想知道他是否会重复这样的动作,也用黑点盖满画作的下半部。然而令她意外的是,他紧接着往椅背上一倒,看着她说:"画好了。"

  他们整整画了三个小时,两人都累坏了。她瞪着他,继而转头凝视这幅他俩费尽九牛二虎之力完成的画。

  她还是没看见那画中的男孩。

第十五章 感激

"这不是他最好的作品。"爸爸评论说。

他把这幅画拿到厨房窗前,和妈妈一起端详着。杰西坐在餐桌前,什么也没说,庆幸他们没有责怪她逼着爷爷完成这幅画。原来爸妈先前一直在楼上通过窗户观看她和爷爷作画。

"我觉得他毁了这幅画。"妈妈说。

杰西下意识地转过头张望,还好,爷爷不会听见这话。他已经精疲力竭,爸妈送他上床睡了,估计他整个下午都不会醒过来。如此吃力地完成这幅画,他已耗尽体力。

刚才,当她推着轮椅送他回小屋时,他兴高采烈地告诉爸妈他已完成了这幅画,语气里充满自豪,甚至还表示自己觉得体力充沛多了。但她知道那只是乐观的想法。现在应该让他好好睡一觉,明天早上再决定要不要送他去医院。

最要紧的是他终于如愿以偿,至于这幅画到底好不好,

River Boy

倒在其次。

妈妈又开口了:"我还是不明白他为什么管这幅画叫《小河男孩》,画里根本就没有男孩嘛!"

杰西注视着窗外的河流。外面还有一个男孩在某处等待,等待着完成他自己最大的挑战。不知那是什么样的挑战,只知道那是他请求她帮忙去迎接的挑战。

她皱起眉头。

她只知道一个"小河男孩",他的存在和她的生命此刻奇妙地交织融合在一起。就是这幅难以理解的画,让她联想到那神秘的男孩。他因这幅画而存在,正如现在,这幅画也因为他而有了生命——多亏他的提醒,她才帮助爷爷完成了这幅画。

她不明白爷爷何以在临终前精神大振。也许他认为这幅画日后会被视为天才的杰作,被比他们更有眼光的人所欣赏,因此而感到欣慰。也许只是一个老人的回光返照。

那天下午稍晚些时候,爷爷醒来后想要喝点儿汤。爸爸煮了汤端给他喝,坐在床边陪了他一会儿,然后出来跟杰西说:"他又想见你。"

她抬起头看着爸爸的脸,看得出他内心的难过。她想说些话安慰他,但他把托盘用力地往餐桌上一摔,便迅速地转身走开了。妈妈表情怪异地将他从头到脚打量了一遍。

"那我进去了。"杰西回答。

爷爷躺在床上,头往后仰,张着嘴,眼睛半闭着。当她伸手拉好歪向一边的枕头时,他睁大眼睛直视着她,然后极吃力地伸出手握住她的手。

她在床畔跪下,等候着看他是否有话想说。但他沉默良久,只发出缓慢而起伏不匀的呼吸声。接着他的嘴唇嚅动着,用低沉的声音说:"谢谢你!"

接下来的几分钟,他没再多说什么,但一直握着她的手,注视着她的眼睛,稍后他的嘴唇又开始嚅动。

"我很……我很……"

"别让自己太累了,爷爷。"

"很……以你为傲……很……骄傲……"

"我也以您为傲,爷爷。我为我们俩感到骄傲,我……"

她忽然停住了,因为她看见爷爷的嘴唇在颤抖。他又开口了,声音含糊而微弱:"告诉我……告诉我……我能为你做……什么?"

她低下头,竭力忍住不哭,试着不去想这或许是自己与爷爷最后一次的独处。她对他没有任何要求,至少不会为自己而提出要求。他已经给了她这么多,她能奢求什么?她唯一的失望是爷爷对爸爸的冷漠。然而,爱却不可能仅仅

River Boy

因为别人的请求而表现出来。

她再次凝视他的脸庞,说:"我只要您快乐,爷爷。"

到了傍晚,爷爷的精神似乎好了些。他和每个人说笑,还说他觉得好多了,或许根本不必去普利茅斯医院,就留在这里等假期结束后再回家——不过他不会再画画了。他还补充一句,说画画简直像是在做苦工,尤其是有个活像监工的杰西在旁边逼着他画。

她听了他打趣的话后,笑了起来,她想爷爷应该希望看见自己笑。爷爷能这么轻松快乐真是太好了,她觉得他真的好像卸下了一副重担。听着他谈到将来,她满怀希望:也许他真能熬过这一关。

日落时分,她独自在河边漫步,走到和爷爷一起作画的地方,站在岸边凝视西方天际的夕阳余晖。

明天,明天会怎样呢?爷爷究竟还有多少个明天?听他说话的口气,仿佛还有许多个明天。尽管他快乐的心情令她欣喜,但她仍旧悲观不已,她要与他共度明天,现在她只有这个念头。

一阵凉风袭来,拂面而过。她想到自己的承诺,想起自己为什么要出门。她望向潺潺流动的河水,喃喃自语:"我看不见你,小河男孩,可是我知道你在那里,不管你是谁,有着什么样的来历。还有……我想你可以听见我的话。"

她降低了声调,继续对着河水低语。

"我不知道我为什么会认为你听得见我说话,或许我只是希望你能听见。说实话,我真的希望你有某种神奇的力量,而不只是个普通的男孩。"

她停下来,试着梳理自己的想法,然而她的思绪此时如河水般奔腾。

"我不知道你为什么认为我可以帮助你完成那件使你害怕的事,不管那是什么事,可是……明天黎明我会去河的源头,尽我所能地帮助你。"她说到这儿皱起了眉头,"可是我不能待太久,因为我得回去陪我爷爷。"

她突然顿住了,又有了那种似乎有人在附近的奇怪感觉。那一刻,她明白他听见了她的话。

半夜,她莫名惊醒。她坐起来揉揉眼睛,望向窗外。月光再次洒向窗棂,河水奔流声一如平日。她站起来,披上睡袍,轻手轻脚地走向爷爷的房间。

房门开着,她看见了爸爸放在爷爷床边的摇铃,那是让爷爷有需要时叫人用的。但爷爷此时并不需要任何人。

他睡得很沉。

她在门边站了好一会儿,端详着爷爷,然后慢步走上前,坐在床边的椅子上。他依然一动也不动。

133

River Boy

　　她俯身向前,凑近他的脸,她有好多话想跟他说,可是她不想吵醒他。他睡得这么香,她不忍心吵醒他。

　　她张嘴正想低语。

　　爷爷忽然微微动了一下,头朝她略微偏了偏。那一瞬间,她以为她惊动了他。然而他随即恢复了均匀的呼吸声——她知道他仍在熟睡。

　　她注视着他,心想:奇怪,他如此地接近死亡,但他此刻的面容几乎像孩子一般,似乎又回到了年轻时在画室忙活一天之后,躺在床上安心睡眠的日子。

　　她思索着所有想跟他说的话,内心斟酌着该如何表达。然而当她张嘴想说话时,只发出了一声叹息。"我爱您,爷爷。"她在心中默念着。

　　她知道这句话已足够。

第十六章 小河源头

黎明前,她摸黑儿写了个字条留给爸妈,搁在厨房的桌上。

　　我去散步,很快回来。

　　　　杰西

之后,她便偷偷地溜了出去。

她想,最好不要让他们看见那张字条,她应该在他们起床之前便赶回来了。前去小河源头见小河男孩应该花不了多长时间,虽然他说他打算做的事很费时。她决心在爸妈,尤其是爷爷醒来之前赶回来。

她爬上小山坡时,还看得见天上的星星,不过漆黑的夜色已逐渐转为灰蒙蒙的晨光。她明白如果要在黎明前及时赶到源头,就得抓紧时间了。她匆匆爬上山坡,走向那道从岩谷往下冲的瀑布。她忆起初次看见小河男孩时的情景,当时他高高站在瀑布顶端。

River Boy

或许,她今天也会在同样的情景下见到他。他直挺挺地从最危险的瀑布顶端睥睨下方的激流。爷爷年轻时无疑常常这么做。

她吃力地赶了一小时的路,发现自己已来到瀑布下的那片湖。从湖畔便可望见瀑布的顶端,却没看见小河男孩站在那儿的身影。

那儿只有一片天空,随着时间一分一秒的流逝而逐渐变亮。

她觉得朝阳随时都可能从东方的山峦后升起,但此刻还被岩谷挡着。她打量着岩谷表面崎岖的岩石,然后胆战心惊地开始往上攀爬。

刚开始倒还容易——岩壁上有许多裂隙和凸起处,可是爬到一半时,就找不到可供攀附的东西了。她紧抓着岩壁,打量着左右的岩石,同时竭力克服逐渐上升的恐惧感。最靠近她的抓手是右侧一块小小的凸起石块。

她停了一下,然后伸长手臂。经过一番费劲的挣扎,她感觉就要失去平衡,最后手指终于伸到那块凸起的岩石,赶紧扒住,这时她已累得气喘吁吁。接着她使劲跨出去,将脚伸入裂隙中,再把整个身体挪过去。

此刻,她位于瀑布下面深潭的上方,距瀑布只有几英尺。她停了一阵子,试着不让自己被那雷鸣般的隆隆水声吓着，然后才把手臂朝上伸，发现上方的岩壁上竟有一条大裂缝，更上面的地方还有好几处石缝，她不禁大大地松了一口气。

现在爬起来已相当轻松。她迅速地往上攀爬，很高兴终于可以摆脱恐惧和焦虑了。在和瀑布闪亮的水幕一般高的地方，她看见一块平地，她知道河的源头已经不远了。

她爬上岩壁边缘，继续前进。朝阳现在已爬上山头，天色越来越亮。瀑布的水流变窄了，但仍以惊人的力道向下冲。

这里无路可走，不过也不需要有路。她信步走着，岩石越来越稀疏，地面的菌子也越来越多。她走到更高的地方，发现瀑布水流是由源自高处的数条支流汇聚而成的。

她已经可以清楚地看见主流了。她沿着主流往前走，越走越不耐烦，也越兴奋。最后，在前方数百英尺的地方，她发现了源头。那是一片长满苔藓、野草丛生的沼泽，从地底冒出一股水流。细细的水流滑下斜坡，起初和缓，但很快便在软泥地里冲刷出一条小沟，水势力道渐增，速度也随之加快。

源头正中央的石头上，坐着的正是小河男孩。

他和以前一样，还是只穿着那条黑色短裤，一点儿不怕清晨的凉意。见到她时，他似乎丝毫不感到意外，没有说一句话,只朝她郑重地点点头。

她站在他面前,觉得有些不知所措,等待着他先开口。但他似乎陷入了沉思,对她一大清早便千辛万苦爬上岩壁赶来相助的盛情,毫无感谢之意。

正当她开始有些恼火时,他露出笑容对她说:"谢谢你赶来。"

她感觉自己脸红了,而他只是笑了笑,朝她身后点点头说:"你看。"

她回过头,在明亮的晨光中沿着斜坡往下看,只见下方的山谷朝西曲折绵延而去,河流顺着山谷奔流,流向大海。

在更远的地方,她惊喜地望见了海洋,它像一片深蓝色的云雾起伏荡漾。

她低头注视着这股细流,很难相信这股细流和那片浩瀚的汪洋之间关系密切。而她站在高处眺望,大海的尽头也似乎尽收眼底。

她又想起了爷爷,想到他少年时曾站在同一地点,和她一般怀着同样陶醉的心情注视着这片海洋。遥想当年,他独自一人顶着天,迎着风,伫立此地,心里想的是什么?以他艺术家的眼光又是如何看待此情此景呢?

她在小河男孩的身旁坐下,仍紧紧地盯着海洋不舍得移开目光。

"我没有想到我们能看得这么远。"她犹如置身圣地般低语着,"这就像……这就像……"

"就像看见了生命的全貌。"他接着她的话说。

"生命的全貌?"她转头看着他问。然而刹那间她已经明白他话里的意思了。

"河流的生命。"他依然盯着海平面,"它在这里诞生,直奔向它命中注定的远方,有时快,有时慢,有时笔直,有时弯曲,有时平静,有时激烈,一直不停地向前,直到抵达它的终点——海洋。我觉得这很令人欣慰。"

"欣慰?"

"因为我知道,不论河流在它的旅程中遭遇过什么,最终都会有一个美丽的结局。"

"可是死亡并不美丽。"她想起了爷爷,于是说道。

"只有垂死时不美,"他的目光依然停留在海上,说道,"当然,活着也并不总是美好的。这条河在旅途中不断地遇到各种难关,但它依然不停向前,因为它必须前进。即使它已抵达了终点,也不说明就此结束了,而是意味着它将得到重生。我觉得这也很令人欣慰。"

她不明白他想告诉她什么,于是静默不语。他也沉默了片刻,继而开口说道:"我今天就要离开这里了。"

她抬头望着他问:"离开?为什么?"

River Boy

"现在我该放下这条河走了。"

"放下它……走?"

他点点头。

"我现在必须放下它走了,我不能再逗留此地。不过我还有一件事要做。"他很快地看了她一眼,接着说,"我要从这里游到大海。"

她吓了一大跳。

"你疯了吗?大海距这里二十五英里远呀!"

"那是鸟儿直飞的距离。如果你顺着河游,那就是四十三又四分之一英里远。"

"四十三又——"

"一共要花七个小时,不过一大半时间,我都是顺流而下,并不怎么费力的。我知道我办得到。我要从这里涉水走下去,一直走到我可以游泳的地方。"

她瞪着他,不知道是该担心他,还是该佩服他。然而,他下一句话让她震惊不已。

"陪我一起去。"他说。

"什么?"

"陪我一起去。求求你,我有点儿害怕一个人去。"

"可是……"

"求求你。"他目光炯炯,如火焰燃烧,正如她初次遇见他时那般,"虽然很辛苦,但你做得到,因为你是天生的泳者。你不是一直都想做这样的事吗?"

那幅景象在她脑中浮现,极为诱人。从河的源头游向大海——那是她身为泳者所梦寐以求的挑战。但是她左思右想后终于回答道:

"我不能离开爷爷,你知道我不能。"

他眼中的火焰似乎渐渐熄灭了,将视线移向海洋。

当她体会到这个奇怪的男孩多么渴望她陪他一起游向大海时,不禁突然哀伤起来,那股哀伤几乎淹没了她,尽管她很清楚自己肯定不能陪他一起去,她还是为自己令他失望而感到哀伤。

他又开口了,那声音听来十分遥远,远得就像他此刻的心已飞向河的尽头——海洋。

"你爷爷会很好的,你不用再为他担心了。"

她盯着他看,不明白他怎么能说得如此肯定,也许他只是在安慰她罢了。他迎着她的目光,然后点点头,说道:"再见。"

他说完便站起身,涉水走向通往瀑布的斜坡。她尾随着他,落后几步跟着走,但并未踩在水里,而是走在一旁凹凸不平的草地上。不久后,瀑布的顶端便出现在他们眼前。她走到瀑布边停下,猜测着他接下来会怎么做。

River Boy

他一动也不动地站在瀑布顶端，湍急的河水从他两腿间冲过，她担心那激流会将他冲走，可他稳若磐石，定定地凝视着远方的目的地。接着，他二话不说，甚至没有看她一眼，就纵身一跃而下。

她惊愕得张大嘴，那一瞬间，她看见小河男孩完美匀称的身体划过空气。那身体如美丽又优雅的生物，一部分像鱼，一部分像鸟，一部分像人，还有一部分像另外的东西，某种她无法描述的东西，正是那东西定义了他——那也是他和她的共同点。

他跃进瀑布下方的潭水，在距瀑布水幕几英尺远的地方浮出水面，黑色的发丝在冒着泡沫的旋涡中漂浮。接着他转身横渡潭水，游向出口，在激流的冲击下迅速向前。他游到潭水浅处，涉水走到另一端河水冲下斜坡的地方，河水在他的脚边不断地打转。

片刻之后，他就不见了踪影。

她注视着身旁湍急的水流形成瀑布，像亮闪闪的水蛇，在空中飞散开来。此时她也有种想从瀑布顶端纵身跃下的冲动，想去追逐那股飞沫四溅的激流。

看起来跳下去并不危险，因为这只是一道小瀑布，并不比家里泳池中最高的跳板高多少，她经常在那里练习跳水。何况瀑布正下方并没有石块，潭水又足够深，小河男孩刚刚跳下去。她和平日一样,游泳衣总穿在身上,以备随时游泳。她只需脱掉衣服和鞋子,走到瀑布顶端边缘处,像他那样鼓足一口气,奋力向下一跃。

但她知道她不能这么做。

也知道为什么不能。

她怀着一丝羞愧,从瀑布顶端退回去,开始往下爬。

但现在她又面临着新的问题。刚才爬上来时,她可以轻易瞧见岩壁上那些可供抓握和落脚的裂隙及凸起处,但下去时可就不同了。她试着沿原来的路线爬下去,但现在那片岩壁却变得好难缠,她才往下爬了一小段,就不得不停了下来。

她已经迷了路,现在只能紧紧攀着岩壁,听着耳畔隆隆的水声。她忍不住往下瞧:下方是潭水的边缘,距小河男孩刚才落水的地点有几英尺。她的位置太偏左了,得爬到距离瀑布近些的地方去。

她朝右方看去,看着自她身旁轰然坠落的水流以及闪闪发亮的岩壁。从这里下去似乎太危险了,可是既然她是这么爬上来的,就应该可以照样爬下去。

她迟疑半晌,然后朝瀑布伸出手,寻找她先前利用过的抓手。她幸运地摸到了一块凸起的锯齿状岩石,这才如释重负。刚才她爬上来时并没有看见这块石头,此刻幸亏有

143

River Boy

它帮助。她慢慢往右挪,双手紧抓着那块石头,伸出一只脚来回探索着,努力找寻可以站立的支撑点。

找了一会儿,她感觉岩壁上有一道裂隙,于是踩进去试试它能否承受她的体重。确定没问题后,她将身体向下挪了几英寸,再伸出另一只脚去寻找别的支撑点。在这难挨的几秒钟内,她只感觉到抵着她的脚的岩壁,最后她总算找到一处小裂隙,小得几乎没法儿放脚,好在还能够使她的大脚趾伸进去,她这才又往下移了些。

她一边重重地喘着粗气,一边往下看去。

现在她得松开那块锯齿状的石头,继续往下找抓手。她一只手伸出去摸索,发现了另一道裂隙,接着伸出脚又触到一条小缝。她还是先试探一下那里能否承受住她的体重,然后再慢慢将身体往下挪。当她发现下方一侧又有一道缝隙时,便迅速伸出另一只脚踩进去,同时别过脸,以免被瀑布底部溅起的水花喷到。

现在下面的岩壁布满了裂隙,她不禁大松一口气,将身体移到左侧,离开水潭。片刻之后,她已爬下岩壁。

她抬头仰望瀑布,不知怎的,还是有些惭愧。即使她告诉自己,爸妈肯定不希望她跳水,甚至爷爷可能也不会赞成她这么做,但她仍无法摆脱那种羞愧感。

小河男孩就跳了下去,她应该也做得到。

她此时拔腿奔下山坡,因时间太晚而着急。她前往源头所花的时间超出她的预想。她本不打算在那儿逗留,可与小河男孩在那里聊了许久,又费了九牛二虎之力才爬下岩壁,耽搁了不少时间。

她边跑边想着小河男孩和他的梦想,还有他对她的请求。她发现自己越跑越快,不顾一切地想追上他。

只为了跟他说声再见。

但她没有看见他。他已经朝他的目的地前进了,即使他感到害怕。她却始终也没弄清他究竟是什么人。

太阳升得更高,空气越发暖和了。她不停地狂奔,跑下山坡,最后总算跌跌撞撞地跑进小木屋前的空地。令她大吃一惊的是,停在那里的汽车不见了。

艾尔福站在那儿。

第十七章 顿悟

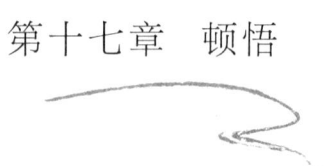

肯定是出事了,而且是很严重的事,她从艾尔福的脸色就可以看得出来。周围一片诡异的静谧,就连小河似乎也无声无息了。

"发生了什么事?"她紧张地询问道。

艾尔福尽量简明扼要地说:"是你的爷爷,他心脏病又发作了,这次很严重。你爸妈已经送他去普利茅斯医院了。他们来不及等你回来,一切发生得太快。他们把他抬上车,火速开到我家,接着你妈妈冲进我家,把这紧急的情况告诉了我,要我过来照顾你,然后掉头钻回车里,呼啸而去。"

"可是爷爷,他……"

"他还活着。"艾尔福竭力控制着声调,像在谈天气一样慢条斯理,但他的神情很忧虑,"可是我不想瞒你,虽然当时我站得很远,但还是看得出他的脸色很差,也看得出他很痛苦。"

杰西焦急地望向小路，嚷着："我得陪在他身边，我得去普利茅斯，我得……"

但艾尔福摇摇头，说："你妈妈交代让你和我留在这里等。"

"可是爷爷……"她心急如焚地瞪着他嚷，"我得去陪着他，难道你不明白吗？"

他伸手按着她的肩，抚慰她："我明白你的感受，我真的明白。可是你妈妈觉得还是不要让你看到爷爷的情形，这样对你最好。他看起来很糟，你见了一定会很难过。我敢说如果他知道你看见了他那时的模样，他也会很难过的。你知道他是自尊心那么强的人。你妈妈的确说过，她认为事发时你不在场最好。"

杰西转过身，无法正视艾尔福，喃喃地说："可是他需要我，他不能独自死在那里。"

"你一定要坚强，杰西。你瞧，你妈妈把移动电话给了我，还说如果有什么情况，他们会尽快打电话通知我们。"

"我们也可以打电话给他们。"她急匆匆地说。

艾尔福摇了摇头："他们还没到医院，还要好一阵子呢！从这里到普利茅斯根本开不快，尤其车里还有个病人。杰西，你得有耐心。"

杰西转过身，内心充满痛苦，她感到自己很对不起爷

River Boy

爷,在他最需要她的时候,她却不在他身边。

她并不怪爸妈,他们想要保护她,才不让她参与这一切。可是,她一想到有可能再也看不到爷爷时,心中真是充满了无限懊恼。

艾尔福朝屋门点点头说:"进去吃点儿东西吧,或许会好一点儿。"

"我不饿。"

"噢,我们还是进去吧。我的腿有点儿累了,我不习惯这么跑来跑去的。"

她跟着他走了进去。可是她此时的情绪异常激动,所以除了爷爷之外,她什么也不可能去想。她看见厨房的桌子上摆了一盘酥皮卷和一罐蜂蜜。

"这些酥皮卷全是我女儿做的。"他自豪地说,"她烘焙面点的手艺一流。来吃点儿,我答应过你妈妈一定弄点儿东西给你吃,你可不希望我挨骂吧,嗯?再说你可不知道今天还有没有机会吃东西。"

她还是不想吃,她根本毫无胃口。

"吃吧,"他催促她,"就算是为我吃吧!"

她只好坐下来——只要能让他别再这么婆婆妈妈、唠唠叨叨的,要她怎样都行。她默默地吃着酥皮卷,可全部心思还在爷爷身上。然而令她惊讶的是,她脑海里忽然又浮现出小河男孩的影像,只见他奋力振臂游向大海。她不明白为什么在她全心想着爷爷的时候,脑海里却清晰地浮现出这幅景象,并且这幅景象在她心中越来越鲜明,几乎盖过了爷爷那晦暗的脸庞。

她吃完酥皮卷,走到河边坐下,心里仍然惦念着爷爷,不知他是否还活着。可是不知怎的,她心中认定他还活着,而且坚信此刻他也正挂念着她。

艾尔福让她独自沉思,并未打扰她,这令她松了一口气。不过大约二十分钟后,他还是走了出来,踱到河边和她坐在一起。

"我想问你,"他说,"你觉得那幅画怎么样?"

她抬眼望着他,反问道:"什么画?"

"你爷爷的画呀,那幅自画像。"

她皱着眉说:"我不知道他画了一幅自画像。画在哪儿?"

"在起居室里。你回来之前,我一直在端详着那幅画。"

她匆匆跑进起居室,只见爷爷的那幅河景靠墙立着。艾尔福慢步踱到她身后说:"这像是蛮有意思的老照片,不过他抓住了神韵。"

她转头瞪着他问:"您在说什么?!那只是一幅河景。"

艾尔福打量那幅画好一会儿,继而笑出声:"哎呀,真

River Boy

是的,你说得没错!画里是有一条河,我先前一直没有看出来。噢,那也有道理,他对这条河总是那么执着。"

"这话怎么说?"

"噢,他对这条河简直着了迷,以前总是把所有的时间花在河里游泳。他的泳技高超,如果受过适当的训练,很可能会成为远程游泳冠军,只可惜他从未受过这种训练。他从前常说,总有一天要游完整条河,从源头一直游到大海。不过呢,我还没见他这么做过。可能是因为他像你这么大年纪时父母就去世了,他不得不离开这里。我想他恐怕没有机会实现这个愿望了!我不认为他现在能够办得到。"

他的话像一排子弹般射进她体内。她回头瞪着那幅画,像是第一次看到它似的,看着,看着,猛地看出了画里的秘密:那黑色的斑点是头发,河水中雾状的纹路是鼻子和嘴巴,那两点深黑色应该是眼睛——很明显,画里有一张人脸,一张她先前居然没看出来的脸。

没有时间了。

她冲进前厅,踢掉鞋子,脱掉罩在泳衣外的衣服。艾尔福在起居室里大声问她:"没问题吧,杰西?"

她没有回答,头也不回地冲出小木屋,冲到河边,纵身跃入河水中。

河水敞开怀抱接纳了她。

第十八章　游向大海

几乎没注意到头三个小时是怎么过的,杰西仅仅通过划水的节奏来感受时间。那种有规律的节奏,仿佛孩子熟睡时均匀的呼吸。她那训练有素的身体似乎蕴含着另一种力量,敦促着她不断向前游去。

她一边游一边陷入沉思。思绪将她带到普利茅斯医院的某张病床前,带向前方一个她看不见的泳者——那泳者如此强壮,泳技一流,她明白除非他停下来,否则她不可能追上他。

但他不会停下,他当然不会停下。他现在停下来做什么?她之前就这么让他走了,他以为她根本不在乎他。

现在想这些也是徒劳,她继续奋力追赶,隐约注意到河流的形态有所变化。她游过滑溜溜的河水,借着河水的推动以及自己坚定的意志,顺流而下。

河岸及岩石从她身边经过,河水里的旋涡推拉着她,但

River Boy

都不能阻挡她前进。她像幽灵般在河里漂浮,追赶那个她看不见、却能感觉到的男孩。这股力量牵引着她,一如海洋召唤着她。

她每划一下水,对爷爷的思念便像水流一样侵袭着她。

她又游了一小时、两小时、三小时……她已丧失了时间感。游得越远,时间就变得越不重要,重要的只有此时此地,吸气、呼气,低着头在这个奇妙的水世界里奋力前进。

她继续游,竭力忘记遍及全身的疲惫,平常划水时那种愉悦的感觉消失殆尽。她清楚自己以前从没一气儿游这么久,但还是看不到小河男孩的踪影。而她必须赶上一段远路,才能抵达普利茅斯。

如果她到得了普利茅斯的话。

她不知道水流漂载她的速度有多快,但是她知道单靠水流带动,要比她划水游泳的速度慢上很多,所以她绝不能停下来,一定得继续向前。她必须努力赶上小河男孩,即使她一想到他是谁的时候就会感到害怕。

她知道她无须害怕。答案不难推测,只是有些神奇。小河男孩的出现似乎是隐喻了爷爷漫长的人生历程,这让她觉得只要能追上小河男孩,就能挽留住爷爷的生命。所以她勇往直前,试图完成她平生最大的心愿。

这时她很想知道艾尔福怎么样了。他可能发现她没有回去,于是到处寻找她,并打电话去医院。爸妈可能也正在担心她的安危,说不定连爷爷都在担心呢!

她蓦然感到一丝愧疚,可是也没办法,因为她不能停下,也不愿停下。如果有必要,她会一直不停地游下去,直到她见到小河男孩。

河水伴随着她奔流,宛如一场梦境。

绝望缓缓爬上她的心头,就像一尾黑漆漆的食人鱼悄悄地尾随着她,随时准备伺机而动,将猎物捕获。她依然努力地向前游着,并竭力克服内心这种不好的感觉。

她明白这并非身体上的不适,因为她尽管疲乏,却依然能够奋力向前。她知道,这是一种意志上的颓废消沉,因为她心里有数,经过这么长时间的努力还不见小河男孩的踪影,意味着她可能永远也追不上他了。

绝望啮噬着她的心,她只能不断回想爷爷的脸庞,那张她始终挚爱并且总对她绽露笑容的脸庞。她不断回忆那脸庞,仿佛这样才能拥有力量。

可是,她现在太累了,并且充满了挫败感。她知道,许多横渡海峡的泳者有时会遇到心理障碍,往往就是因为这些疑虑和恐惧,他们才停止前行,爬回船上打道回府的。

但这里并没有船,只有青翠的河岸和起伏的山坡。她抬起头来换气时一瞥,见到的是一片不知名的陌生土地。

River Boy

她现在不可能停下,也不可能游到岸边休息或是步行。她只有让河流带着她去找小河男孩。

她把心思收回来,专心游泳,试着说服自己还有潜力。可是,此刻她感到全身酸痛难耐,身体的每一部分——双臂、双腿、肩膀……似乎都在乞求她停下。

她很想大哭,很想为爷爷、为她自己、为前方不见踪影的那个人而哭。她一直追随在那个人身后,终其一生都追随其后。

她原以为可以追上他。但是她现在累了,累坏了,精神也开始涣散。

她停下来踩水,试图集中精神。她告诉自己起码不觉得冷——太阳高挂天空,河水依然温暖。

她环顾四周,只见河岸上依然林木茂密,但河谷已渐渐开阔起来,河身也越来越宽广,她不时能见到一些灌木丛和石墙。蓦地,她倒吸一口气。

前方遥远的河面上,有一个在游泳的人影,小得几乎看不见。

她紧盯着那个人影,顿时激动起来,急于想看得更清楚些。她猜想着那一定是他,不可能是别人。

她再次划水,用尽体内仅有的气力。她清楚这是她最后一次机会。如果这次再追不上小河男孩,那恐怕就永远也见不到他了。她竭尽全力地向前游，尽可能让他保持在她的视线内。

可是每看他一眼，她就会觉得他好像还在很远的前方，远得难以接近。她不停地游，努力拉近他们之间的距离，但总是徒劳。

大约又过了一小时，又或许只是十分钟，她已经不清楚也不在乎了。她强迫自己将注意力牢牢地锁定在那个人影上，并且从内心里不希望那只是一个幻影、一个自己心理作用的产物。

接下来，也就是过了一小会儿，她猛然停下，从水里抬起头，试着再看那个人影。

什么也没有。

他不见了，可能永远消失了。她安慰自己：那或许只是幻觉，是她不安全感作祟下的产物罢了。她重重喘息着，继续往前游，反正她此时也没有别的事可做。

她继续划水的动作，机械式地划动。即使是这种游动方式，也在迅速地消耗着她的体力。

也不知到底过了多久，她再次从河水中抬起头，看见太阳已落到前方的地平线上方。她停下来，茫然瞪着四周，她已经好一阵子没注意附近的情况了。

她意外地发现自己正置身于一处小河口的中央。前方

155

River Boy

有几艘停泊的船只,两侧是长满青草的平坦土地,还有一座橄榄球球场、一座碉堡的遗迹,更远处有一道海堤及船只下水的坡道,除此之外还有一些建筑。

在这里,她初次注意到浪潮从大海涌过来。普利茅斯,她终于游到了普利茅斯。

但她失去了一切。

她试着再游,改用蛙泳,早已疲软的双臂向后毫无目标地划着水。

显然,她的力气已经用完了,或许只剩下最后一丝挣扎上岸的体力了。此刻再留在水中已毫无意义,因为她已经努力过,但失败了。她朝右转,面对河岸,试着控制身体游向岸边。

她发觉自己在哭泣,她失去了一切:爷爷一定已经死了。他的生命像河流一样流进了大海,没有她的陪伴,只有她的泪水在他身后流淌。

耳畔忽然响起一个声音,和她那次听到的声音一样,那么平静、温柔且充满关怀,就连说的话也一样。

"你为什么哭?"

她大惊之下转过头,赫然看到小河男孩的双眸。

他就在离她几英尺之外,和她一样踩着水,但和她不同的是,他丝毫不显疲惫,简直就像刚从对岸跳进河里尾随她游过来似的,精力充沛,眼中还闪着兴奋的愉悦光芒。

他游得更近了些,目不转睛地盯着她,一直游到她身边停下,轻声说:"你以为我不会等你吗?"

她依然哭泣着,泪水滴进了一波波涌来冲击着她的海浪里。她试着开口说话,想要告诉男孩她内心的感受。

但他微笑着摇摇头,平静地说:"别说话,你什么也不用说,只要陪我再游一会儿就好。"

说完他便转头开始游向大海。

她跟在后面游,虽然已疲惫不堪,却因他奇迹般地激发出一股新的力量。他游得不快,缓慢平和地划着水,低着头,没有朝她望。她和他一起游着,内心充满敬畏和澎湃的情绪。

他们越来越接近小河的出海口,她内心的奇特感觉也越来越强烈。在这段旅程中,她的情绪变化极大。就在这里,接近河流的终点处,她那种莫名深刻的感觉也到了极点。

她注视着前面静静游泳的小河男孩——现在他已不再神秘莫测了,其实压根儿也没有什么好害怕的。

她发觉自己的泪水又夺眶而出,便连忙把脸埋进河水中。筋疲力尽的感觉再一次抓住她,她意识到得立刻游向岸边,否则很可能没有力气安全上岸了。

River Boy

可是小河男孩——她不能离开小河男孩,现在她总算又找到了他,可千万不能再离开他。她从水里抬起头往前看。

这一看令她懊恼不已:小河男孩居然又不见了。

她沮丧地瞪着他刚才所在的位置,现在她看到的只有海水。这时她才恍然大悟,就像小河男孩消失了一般,小河也消失了。

他们真的游到了大海。

不远处是海堤的尽头,海堤后面有电话亭、商店、电玩店、咖啡馆、帽子店,还有许多房舍。她无法想象,她游泳时竟丝毫没有注意到周围的这一切,甚至也没有注意到自己。

可是,现在已没有什么值得注意的事了。

她眺望大海,终于明白了。接着她朝岸边游去,祈祷着海浪别把她卷走。

大海对她很仁慈,她最后的几次划水虽然倦怠,但还是坚持了下来。她看见一条船只下水坡道,于是游过去,继而从海里爬出来,顿时感到全身发抖、四肢无力。

远方的海上,太阳已接近海平面。白昼即将结束,她知道她的旅程也已结束。

就像爷爷的人生旅程也结束了一般。

第十九章　爷爷去世了

女警就是在那条船只下水坡道上发现了蜷缩成一团的她。

"亲爱的,你还好吗?"

杰西吃力地转过身,看见那个女警站在她上方。路边靠近船只下水坡道顶端处停着一辆警车,车旁站着一位高个子的男警员。附近有一小群人驻足旁观,观察着这里的情况。

女警又问她:"你会不会就是杰西?"

杰西慢慢意识到了事态的严重性。当她想到为此给爸妈带来的焦虑和痛苦时,悔意不禁油然而生。她皱起眉头,迅速答道:"我就是。是这样的,我得赶去医院,情况很紧急。"

女警很体贴地说:"没问题。走吧,跟我们走,离开这群看热闹的人。"

River Boy

她扶着杰西站起来,走上坡道,上了车。男警员为她披上一件外套,她和女警坐在后座上,接着警车便穿过小城驶走了。

"喏,这个给你,"女警递给她一个三明治,说道,"花生酱味道的,希望你喜欢,我只有这种口味的。"

"她就喜欢这种口味,"前座的警员打趣道,"如果可以的话,她连喝咖啡都要加花生酱哩!"

女警闻言笑了起来,继而对杰西说:"别理他,他根本不懂美食。你只管吃吧!"

"谢谢你。"她最讨厌花生酱,但此刻却心怀感激地吃着三明治。然后她呆呆地问:"现在是几点?"

"九点。"女警答。

看来她在水里大约游了十一个小时。这么长的时间,都可以横渡海峡了。她瞪着车窗外,心里不是滋味。

男警员给医院打电话报平安说:"她很好,只是又累又冷……她之前是在海里……对,我们现在就送她过去……"

她想象着爸妈接到消息时的情形,不知他们会怎么想,又会怎么说。

"你是怎么找到我的?"她问。

女警回答:"大约两点时,你妈妈从医院打电话给我们。她稍早时候接到一通电话,是住在你们度假小木屋附近的老先生打来的，说你失踪了。他说你离开小屋后不知去了哪里，许久都没有回去，他开始担心起来。你妈妈当时还未立刻报警，可是你一直没回去，她这才打电话给我们，我们便出去找你了，几乎花了一下午的时间，沿着河边，在小木屋附近的野地里搜寻。可是，你妈妈一直不停地告诉我们……"

"我妈妈和你们在一起？"她瞪着女警，想到妈妈竟然为了她而离开爷爷，不禁吓坏了。

男警员开口了："你妈妈并没有和我们在一起，但我们保持着电话联系。你父母没有必要加入警方的搜寻行动，尤其又正逢你爷爷病危。我们的人手很多，附近的居民也帮忙搜寻。"他摇摇头，又说："不过，我们应该听你妈妈的话，从河流这一头开始找起就好了，这样就可以少花几个小时。"

杰西盯着他问："我妈妈怎么说？"

他又摇摇头说："你妈妈真是个了不起的女人，遇事十分镇定。你明白我的意思吗？她说你不是那种会做傻事的女孩，而且你泳技高超，不会溺水，除非真的发生了什么不幸的事，还说你常一口气游三四个小时。所以我们想，你可能是担心爷爷的安危而心烦意乱，想借着游泳来排解。一直到下午两点你还没回来，她才开始有些担忧了，说你可

River Boy

能突发奇想，一路游到了普利茅斯。"

他说到这里咯咯地笑起来，接着说道："呃，刚开始时，谁都不认为有这种可能，就连小木屋那里的老先生也不这么认为。于是我们继续在河边和林间搜寻。我们早该在一开始就听你妈妈的话。"

她注视着车窗外，回想今天发生的种种奇事。这一天虽然还未结束，但结局此时已呈现在她眼前。

他们已抵达医院。

妈妈早已在医院大门外等候杰西。她奔向妈妈，妈妈伸出手臂一把抱住她。

"妈，真对不起……我不是故意的……我不是故意的……"

"嘘，别说了，"妈妈轻抚着她的头发安慰道，"没关系，没关系，以后再说。我知道你做了一件很勇敢的事，可是现在我要你更勇敢一点儿。"

杰西抬起头望着她，泪水濡湿了眼眶："没关系的，妈。我知道他走了，我还知道他很好。"

妈妈垂眼注视着她，仍然轻抚她的头发，继而对站在一旁的女警说："谢谢你们所做的一切，我很抱歉给你们添了这么多麻烦。这件外套是哪一位的？"

"我同事的，是坐在车里那位先生的。"

妈妈转身看着那位男警员,喊着说:"你一定要把外套拿回去,我们可以在医院里找件衣服给杰西穿。"

他摇下车窗玻璃答道:"晚一点儿还我没关系,我们还会在这里待一会儿,处理一些善后事宜。"他说完看看杰西,对她笑着:"反正你穿起来比我穿好看。"

妈妈朝他微笑,然后转身对女警说:"我们可以进去谈几分钟吗?我想带我的女儿去看看她爷爷。"

"当然。"

妈妈搂着杰西的肩膀说:"来吧,亲爱的。"

她们走进医院。柜台女接待员见到这个打赤脚、只穿着泳衣、披了件不合身外套的女孩,不禁露出狐疑的目光。但她们只管穿过走道,走向另一端尽头的房间。

就是在这个地方,一个如此伟大的生命,至少可以说是一个获得如此伟大成就的生命,却终结在一个如此狭小的地点。但爷爷可不这么想,他在临终前,无疑仍一直记挂着他来不及去做的那许多事。

她走进房间,看到爷爷躺在床上,爸爸站在床边。他转头看到她,赶紧走上前,伸手把她搂进怀里,她也伸手抱住他。

"爸,真对不起,我……"

"不要紧,不要紧。只要你平安就好,这才是最重要的。"

River Boy

父女俩终于分开,和妈妈一起转身面对病床。

"他半小时前去世的。"妈妈说。

杰西俯视着这个美好而奇特的老人的脸庞,他的脸上没有痛苦,没有愤怒,也没有失望。他的面容安详得简直像一幅画,一幅出自他手笔的画。她从没见过这样的他。

可是,这已经不是她所认识的爷爷了。她所认识且一直了解的,是一个与众不同的爷爷,一个永远朝气蓬勃、永远年轻强健的爷爷。

"他临终前真是令人惊奇,"妈妈说,"我简直无法相信,他看来好像一点儿也不苦恼难过,而且一直不停地提到你。"

"我?"

妈妈点点头:"白天警方到处寻找你,他也不停地提到你。我们并没有告诉他你失踪了的事,因为我们不希望他临终前还担忧难过。奇怪的是,他似乎觉察出有些不对劲,于是不停地劝慰我们别担心你,说你不会有事,会好好的。他说得非常有把握,我们听了真的很安心。"

杰西移开视线,望向窗户。有人放了盆花在那儿,落日的余晖正照在花上。她想着爷爷,想着他说过的话。

没错,她会好好的,但她现在可不好,而且可能好一阵子都好不起来,但她总有一天会好起来。她和爸妈一样悲伤,但她的悲伤会更深沉。

可是她希望感到悲伤,她知道那才是自然且符合常理的,就和这个美好而奇特的老人去世是自然规律一样,也和她将来会死亡一样。但在那之前,还有一大段人生路要走,还有许多生活要经历。

还要游许多的泳。

跟在小河男孩的身后。

爸爸又在爷爷身旁坐下,凝视着他的脸庞。妈妈盯着杰西的眼睛,把她往后拉了几步。

"还发生了一件奇怪的事,"妈妈对她耳语,"这件事和你爸爸有关。"

她在旁边观察了爸爸片刻,发现他一直瞪着爷爷的脸,陷入沉思。

妈妈告诉她:"爷爷在临终前一刻,要你爸爸凑过去靠近他,好听他说话。我不知道他说了什么,不过他才说了几句,你爸爸就哭个不停了。我说的不是那种伤心难过的哭。他没告诉我爷爷到底跟他说了些什么,但我可以告诉你一件事,爷爷最后走时,他们父子之间终于和解了。"

杰西转开脸,再看一眼窗前的花朵。她忆起那次爷爷问她,他能为她做什么时,她极想说出口却一直无法启齿的话。她没料到会有这么好的结局。爷爷和以往一样,总是令

165

River Boy

她惊奇。

她听见走道上传来一阵脚步声和话语声，但都是慢慢的、轻轻的。此刻,她有关人世和生命的思索开始沉淀,先前那种疲惫感却难以消退。

她得接受警方的问话，还有医院人员……妈妈还希望她在经历了马拉松式的远程游泳后,能接受一下健康检查。此外,还要安排爷爷的后事,还有……

她转身面对门口。大家现在都进来了,一个医生,两个护士,还有那两个警员,接着又进来了一个护士,他们的神情全都肃穆而庄重。他们的闯入令她有些苦恼,妈妈却朝他们微笑。他们默然肃立,垂眼注视着爷爷平静安详的面容。

第二十章　河葬

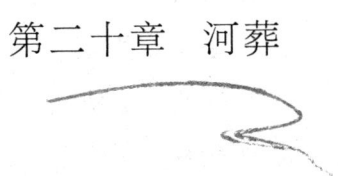

她闭口不提有关小河男孩的任何事情。他们问她究竟发生了什么事,她只回答说她想游泳,她必须游泳,并非有意让大家担心。

小河男孩的事一直深藏在她的内心。

不知怎的,她不愿把这件事告诉别人。尤其是如今他已经走了,这个秘密就更显珍贵。

然而,接下来的几天爸妈忙着安排爷爷的葬礼时,她独自一人在河边漫步,发觉自己依然在下意识地寻找着小河男孩的踪影。

虽然她明知小河男孩已经走了,但还是忍不住想寻找他,其实这是一种说不清的情愫。爸爸说爷爷已将那幅画留给了她,她无论何时想看他,都可以看得见。

他们遵照爷爷的意思,在普利茅斯火化场举行了简单的仪式。他们原本打算把爷爷的骨灰带回家去举行葬礼,

167

River Boy

但很快就打消了这个念头,因为大家认为这里才是他想落叶归根之地,所以应让他在这里安息才对。

事情就这么决定了。艾尔福、葛瑞先生和太太也都赞成他们的想法。艾尔福穿着正式的西装,打着领带,看起来别扭极了。仪式相当简短,爸爸又哭了,可是杰西不再像以前那样担心他。

爸爸会好起来,就和她一样,在熬过最痛苦的时期后会恢复心灵的宁静。更何况爸爸还有妈妈,妈妈和平日一样坚强,随时准备为爸爸付出一切。

第二天下午,爸爸独自开车前往普利茅斯,回来时带着爷爷的金属骨灰罐。

他把它放在桌子上,说:"我回来的路上,一直想着该如何安置它。"

杰西看着骨灰罐,内心异常激动,不由得涌出一种奇特的感受,并且很想表达出来。

但妈妈先开了口:"爸爸希望怎么安置它?"

爸爸耸耸肩答道:"我不认为他想过这种事。你知道他对未来和对过去一样不感兴趣。你想想,我们为了要他预立遗嘱,花了多少力气。"

"可是如果我们现在问他,他会如何回答呢?"

"把它扔进储藏室?"

"我们不能那么做。"

"当然不可以。我想我们把骨灰罐埋在地下,在上面种一棵树,或者……"

"爸爸。"杰西这时开口了。爸妈同时把头转向她。

"爸爸,我……我知道爷爷希望怎么做。"

他们静默了片刻。静默中,杰西几乎可以感觉到爷爷也在旁边凝神聆听。

爸爸盯了她好一会儿,眼神在她脸上搜寻着,接着问道:"你想要拿去吗?"

她感觉自己的脸红了起来:"不是为了我自己,这样是不对的。我是说,我们应该一同参与这件事。我不应该……独自拥有它。"

"可是你希望这样吗?"他的声音很低,但令她放心的是,他的语气里并没有不悦。

她点点头。他终于露出了笑容:"那就拿去吧,亲爱的。"

第三天,也就是他们准备离去的那天,她一大早就穿上泳衣,把骨灰罐放进她的帆布袋,然后背起袋子,走出小屋,走向那山坡。

这天天气晴朗,河流的水声更清越激昂、更有活力,也更难以压抑。她走下小径,走进河里,逆流而上。河底的石

River Boy

头又硬又尖,扎着她的脚底,但还可以忍受,于是她踩着哗啦啦的清凉河水,一步一步往前走。她边走边用心体会着所看见、所听见以及所感觉到的一切。因为她知道不会再回到这个地方了。

所以她要把最后一件事完成,然后就可以回家开始新的生活。

她在河水中漫步,正如小河男孩溯流而下一般。她不停地向前走,一直走到她初次看见他时的那片湖。当时他正高高地站在瀑布顶端。

她仰头望着瀑布,只见瀑布依然气势磅礴地倾泻而下。

接着,她毫不迟疑地开始往上爬。

这回她虽然赤着脚,但觉得爬起来轻松得多。不知怎的,她觉得自己像蜘蛛丝一般轻盈,手伸出去,扒住的那些凸起的石块或裂隙,好像和她上次攀登时用到的支撑点完全不同。

她爬上顶端,从帆布袋里拿出骨灰罐,映着阳光细细地端详。

接着她把空袋子扔到瀑布底部的岩石上,继续往上走,一直走到河流的源头——她曾和小河男孩并肩坐着,一起观看河流生命全貌的地点。

此时,她又在那块圆石头上坐下,再一次向前方眺望。

远方,依然是那片永恒不变却又变化不定的海洋。

她弯下腰,注视着脚下这片苔藓丛生的土地,以及那股被某种神奇力量推动、喷涌而出的水流。继而她打开骨灰罐的盖子,凝视着那奇怪的粉状骨灰。

她的思绪又飞回爷爷身上,忆起了她所熟悉的那张脸庞:那双狡黠的眼睛和那张大笑的嘴巴;她还忆起了他的倔强、他的好斗、他的幽默感……

他生前的一切一切……

不知怎的,这一切依然存在。

她注视着骨灰,摇摇头:这些灰烬并不是爷爷。它们柔软而毫不抵抗,任她随心所欲地摇来晃去。这太不像他了。

真正的爷爷并不在这里。真正的爷爷像风,像水,像天空一样自由……他已经不再为这一切感到痛苦。她也应该如此。

她斜倾着骨灰罐,把一小部分骨灰倒进水的源头。水流开始载着骨灰向下流去,有一小部分附着在两侧柔软的泥土上,但大部分都像小小的种子般顺流而下,直奔向宽阔的河流。

她回想起小河男孩说过的有关这条河的话,他说即使河流抵达了终点,也将在那里重生。当时她并不懂他的话,现在她明白了。

River Boy

她又倒了更多的骨灰进入河流，望着它们漂流而去……

生活将继续下去。

无须痛苦，悲伤会逐渐淡去。她望向罐里，骨灰还剩下一半。她站起来，踩着水流往下走，一路将骨灰撒进水里。它们浮在水面上，赶在她前头朝瀑布顶端流去。

她走到瀑布顶端，伫立在那儿，一如小河男孩不久之前站立的姿态。她感觉到水流冲击着她的双腿，然后又急速地向下奔流而去。这时她明白了，爷爷并不在这神奇的地方，而是在她，在爸妈，在艾尔福及所有认识他的人心里。

但小河男孩的影像只留在她心里。

她举起手臂，把罐里的骨灰全部倒光。骨灰在空中飞舞着，转眼便消失在下方的泡沫中。她凝视着它们，泪水奔涌而出。随后她将罐子也扔进了水里。

紧接着她一跃而下。

当她向下坠落、身体凌空之际，微风吹拂着她的脸庞，她最后一次感觉到小河男孩的存在。

小河男孩

深圳市南山实验教育集团鼎太小学　王剑宜

【教学目标】

　　1.激发学生对文学作品的阅读兴趣,能领略到优秀作品的诗意和美好,逐步培养文学素养;

　　2.有意识地培养学生的想象力和概括力;

　　3.感受小说中的人物形象,感悟人物形象背后的情感;

　　4.梳理小说的写作线索,学习作者对于故事结构的写作手法;

　　5.引发学生用哲学的眼光,对生命与死亡这个人生命题展开思考,启迪成长。

【适读年级】小学五年级

【建议课时】三课时

【共读过程】

第一课时:阅读推荐

　　当一本新书带着陌生向学生"走来"时,如何让他们亲近这本书,又如何激发起学生的好奇心,让他们带着期待和渴望捧起它呢?阅读推荐是开启阅读之门的钥匙,学生不再有压力和困难,而是轻松愉悦地进入书中,阅读由此变为一种学生自发的行为。

一、捕捉封面信息

　　1.谈话导入

　　同学们,今天我给大家带来一本新书,名叫《小河男孩》。通过书名猜一猜,这本书讲的会是什么故事。

2.揭示主题

历险、友爱、励志、幽默、成长……都有可能！曾有评论家认为这本书"揭示生命与死亡的真谛,让你懂得愿望与使命的意义"。

3.了解奖项

这本关于生和死主题的《小河男孩》,获得过卡内基文学奖。通过以往的阅读积累,谁能为大家介绍一下这个奖项?(资料补充)

4.作者简介

你了解作者蒂姆·鲍勒吗?老师为大家介绍一下。(幻灯片辅助)

小结:来自英国的蒂姆·鲍勒为全世界读者奉献了一个关于生与死的故事——《小河男孩》,它荣获了卡内基文学奖,如今又来到了我们面前,让我们做好准备,去感受这本书的魅力吧!

二、初识故事人物(出示图片和语句)

杰西:

她从早上六点半就和这群真正热爱游泳的人一起游到现在,而且她还不受干扰地游了四英里。但她还是禁不住要抱怨:单是看到泳者如下饺子般扑通入水,便已令她沮丧得想大声呐喊了。她还不打算停下来,至少还要游一大段,她觉得体内还有使不完的劲儿有待消耗。

爷爷:

她惊恐万状地看着眼前发生的一切:爷爷紧捂着胸口,跌入池中。医院只留得住他三天……他告诉那个已暴跳如雷的健康顾问,因为他8月20日将和家人去度假,而今天已经是19日了,所以他得回去收拾行李。

小河男孩:

瀑布的顶端,一个男孩的身影映着天幕——至少看起来像个男孩。虽然他的个子很高,但在逆光下,杰西很难分辨他是男是女。他似乎只穿了条黑色短裤,不过这也是猜的……那男孩动也不动,似乎没看到她,像是河流的一部分。这时她突然惊愕地发现,那男孩并不是站在河边,而是直接站在湍急的水流中,就在瀑布顶端的边缘。

　　任务:聊聊对每个人物的第一印象

　　学习步骤:

　　1.分别出示每组图片和文字,先自己阅读,再请擅长朗诵的同学为大家大声朗读,使人物浮现在听众的眼前。

　　2.全班互动交流,在这几段描写中,每个人物给你留下了怎样的第一印象?

三、预测故事情节

```
2.抵达爷爷出生的地方
5.爷爷倒下了
10.爷爷失踪了
19.爷爷去世了
```

```
8.探询小河男孩
9.夜里看到小河男孩
13.与小河男孩初次对话
18.游向大海
```

　　任务:展开想象的翅膀

　　全书共二十章,以上章节名是从目录中选择出来的,请你分别读一读,看看有什么发现。结合故事的主要人物,借助章节名的提示,充分发挥想象,试着创作一个关于生命与死亡的故事。可以只讲爷爷的故事,也可以只讲小河男孩的故事,如果可以,两组目录编织在一起生成一个完整的故事就更有水平。要求明确了吗?

　　学习方式:小组合作学习

　　学习步骤:

　　1.自主学习:独立思考,试着表达自己创作的故事的主要内容。

2.小组交流:依次在组内讲述自己创作的故事。

3.小组评价:推选组内最具想象力且情节合理的故事与全班同学分享。

教师要给学生留出预测、想象、交流的时间。一方面,学生们在章节名的提示下,希望自己的创作能接近作者所描写的情节,获得满足感;另一方面,学生们希望自己的想象能超越原著的情节,获得成就感。此外,学生们越有表达的愿望,也就越希望阅读作品,此时,书的吸引力由此展现出来。

小结:同学们,雨果曾说,想象就是深度。大家这些奇思妙想,就是创作的基石。让我们带着各自的思考走进作品,细细研读,深度交流。

为学生下发三张阅读学习单。

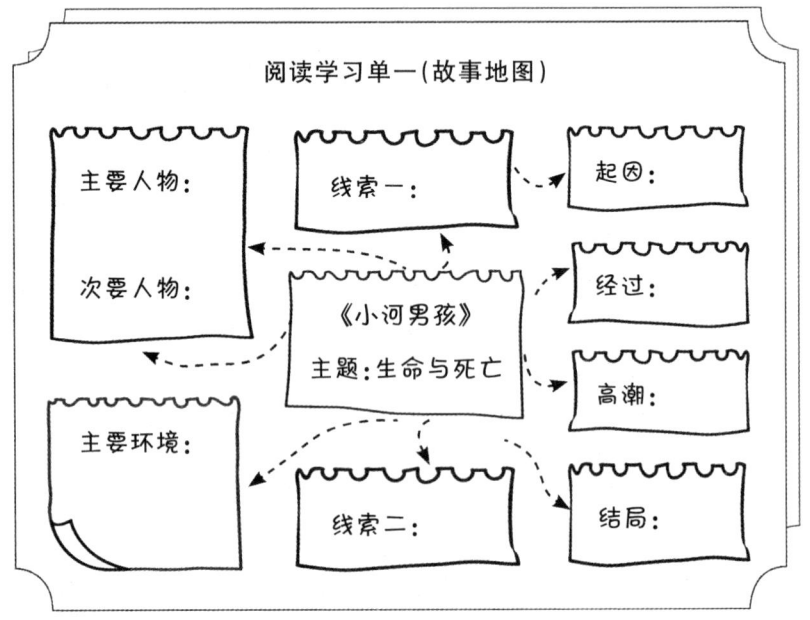

阅读学习单二（表格提取信息）
《小河男孩》整本书阅读学习单

聚焦片段	摘抄（或概括）	提取理由
最令你感动的画面		
最令你难过的画面		
最令你难忘的场景		
最令你紧张的情节		
你最喜欢的一段描写		
你没读懂的地方		
你想提出的问题（若干）		

可将完成后的学习单张贴于班级分享栏或教室外墙，便于学生互相学习，让独具个性的阅读感悟在班里分享，为交流创造良好氛围。

阅读学习单三（思维图）

1. 请你提炼关键词，为故事中的人物书写评语，并在书中找到评价依据。
2. 巧用彩色笔：阅读过程中，使用不同颜色的荧光笔聚焦不同人物，便于一目了然地提取信息。

将整本书的阅读教学课程化,要为学生合理安排课堂阅读时间,有效地指导学生使用多种阅读学习单,自主完成学习内容。在学生充分提取信息的基础上,引领学生进行有思考、有归纳、有观点的提炼,只有这样,学生在交流环节才会产生有深度、有质量的思想碰撞,才能从单纯地讨论故事情节上升到文学高度,从而提高文学素养。

第二课时:阅读交流

课前准备:

阅读推荐后,学生对阅读本书产生了浓厚的兴趣,经过通读和精读,学生借助学习单对书中的人物和故事情节有了比较充分的了解,并提出了许多有价值的问题,带着这些认识、理解和思考进入本课的交流,逐步体会文学的韵味。

有价值的问题

1.小河男孩是真实存在的,还是杰西的幻想?作者为什么要这么写?

2.作者的写作线索很特别,为什么读者在阅读过程中会感到紧张、神秘和感动呢?

3.对于爷爷的离世,杰西最初感到恐惧、担忧,后来却渐渐变得平静,她为什么会有这样的转变?

4.通过爷爷的画作,我们可以得知小河一直存在于他的记忆中,那为什么在他生命垂危之际,他还一定要回到小河边完成画作呢?

……

教学流程：

一、故事梗概

任务：简要概括故事的主要内容，交流阅读学习单一（故事地图）。

学习步骤：

1.学生在小组内交流讨论。

2.请一两个小组交流汇报。

二、人物印象

任务：请为人物书写综合评语，列举他令你印象深刻的一两个特点，以书中的描写加以证明。

学习步骤：

1.将全班分成四组，每组代表不同的人物：爷爷组、杰西组、小河男孩组、其他人物组。

2.每组针对自己所代表的人物，提炼评价人物的关键词，并在黑板上展示。

3.用书中的描写说说这一人物的特点。

小圈：人物

大圈：综合评价

小结：作者对人物每一个特点的描写，像一颗颗散落在角落的珍珠。通过同学们的寻找和编织，这些珍珠穿成了一串串珠链，人物形象也随之丰满起来。让我们在故事情节发展中，再来感受一下人物的情感变化。

三、线索梳理

任务：在上一项活动中，同学们谈到小说中有两条线索，请依据图示,将两条线索提炼出来。

从爷爷出现到最终离去

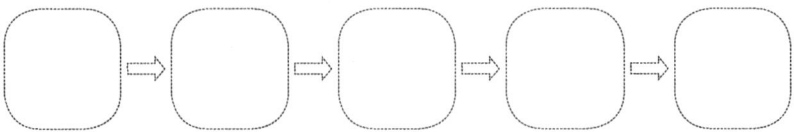

从小河男孩出现到游入大海

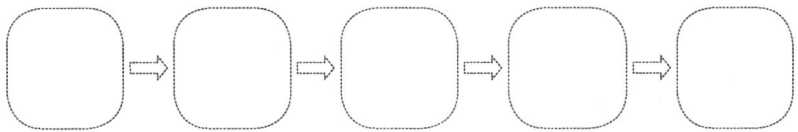

学习步骤:(下发课堂学习单)

1.自主完成学习单。2.小组讨论补充。3.代表汇报。

学生提炼的线索不要求完全一致,"一千个读者就有一千个哈姆雷特"。能体现故事进展、抓住主要情节就应对学生进行鼓励,善待每个学生的"不完美",正是这些"不完美"为集体讨论留出了更大的空间和乐趣。

四、人物情感

1.线索与人物

聚焦话题:故事共有两条线索,每条线索的发展都可以独立构成一个比较完整的故事。然而在阅读中,我们毫无割裂感,紧张、感动的情绪牵引着我们,让我们想一口气读完,又舍不得读完,为什么会这样呢?

当学生在讨论中遇到困难时,用小说中的描写为学生"搭桥"。

幻灯片出示:

杰西看着它,感觉到她的思绪再次陷入那经爷爷杰出技巧所呈现出来的谜样河水中,也再次想起小河男孩——不论是她曾见过的男孩,还是她渴望见到的男孩,都在她眼前的这幅画里。她希望爷爷今天能将小河男孩绘入画中,但那希望越发渺茫。

——摘自《爷爷失踪了》一章

幻灯片出示:

她发现自己满脑子都是小河男孩的身影,就是那个不久前她才看到的在这片水域中游泳的男孩。

她开始颤抖起来。

一切的一切,都开始令她觉得怪异而且吓人。她看到男孩的身影出现在不应出现的地方,还有那幅该有男孩却不见男孩身影的画,接着她看到了爷爷,这一切的怪现象似乎都和这男孩有关系——但是爷爷到底在哪里呢?

——摘自《爷爷失踪了》一章

杰西由一次次的内心独白到和小河男孩交往对话,真实又虚幻地将两条线索紧密交织在一起,形成一个个连接点。学生充分讨论,用各自的理解来感受线索和人物之间相辅相成的关系。

2. 环境与人物

聚焦话题:杰西内心的每一次感情波动都离不开那个特定的环境——小河,作者这样描写的用意何在?

幻灯片出示:

在更远的地方,她惊喜地望见了海洋,它像一片深蓝色的云雾起伏荡漾。

她低头注视着这股细流,很难相信这股细流和那片浩瀚的汪洋之间关系密切。而她站在高处眺望,大海的尽头也似乎尽收眼底。

她又想起了爷爷,想到他少年时曾站在同一地点,和她一般怀着同样陶醉的心情注视着这片海洋。遥想当年,他独自一人顶着天,迎着风,伫立此地,心里想的是什么?以他艺术家的眼光又是如何看待此情此景呢?

——摘自《小河源头》一章

幻灯片出示:

她弯下腰,注视着脚下这片苔藓丛生的土地,以及那股被某种神奇力量推动、喷涌而出的水流。继而她打开骨灰罐的盖子,凝视着那奇怪的粉状骨灰。

她的思绪又飞回爷爷身上,忆起了她所熟悉的那张脸庞:那双狡黠的眼睛和那张大笑的嘴巴;她还忆起了他的倔强、他的好斗、他的幽默感……

——摘自《河葬》一章

环境对烘托人物心情、塑造人物性格起着重要的作用,小河的变化象征了杰西情感的变化。人物的内心随着环境的变化而发生改变,杰西正是在这一次次的改变中渐渐长大。

五、说来听听

同学们还有什么特别感兴趣的话题或弄不懂的问题,想和大家聊一聊呢?

(再次聚焦学生的问题,提炼出核心问题,作为下次交流分享的话题。)

课后延伸:

一、读写结合:从以下题目中选择一个,进行写作练习

1.写一个故事,用上明暗两线的叙事结构。

2.写一篇作文,借助环境描写刻画人物性格。

二、阅读《马提与祖父》

通过网络互动、班级交流等方式分享评价学生的作品,读写联动,逐步培养学生爱阅读、勤练笔的好习惯。同时,同一主题的书籍会增加学生阅读的广度和对主题理解的深度。

第三课时:阅读延展

课前准备:阅读《马提与祖父》

教学流程:

　　一、比较阅读

　　任务:同样是主题为生命与死亡的作品,阅读了《小河男孩》和《马提与祖父》后,请找出它们之间的相似点与不同点,说说你的发现。

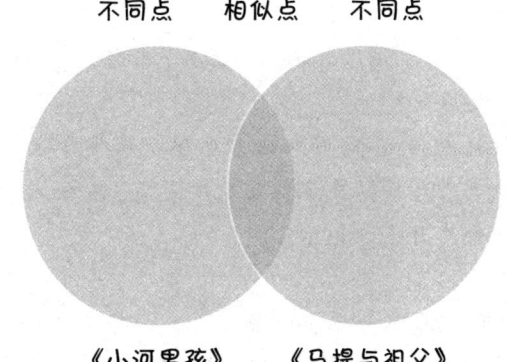

学习步骤:

1.每个小组发一张维恩图,交流提炼并填写。

2.请一两个小组进行展示交流,其他小组倾听、评价、补充,表达观点。

　　(学生可从线索、人物情感、文章结构、语言风格等方面进行比较……儿童是有智慧的,只要教师善于引领,他们自然有办法进行自主发现与学习。)

　　二、话题讨论

　　1.故事里的故事

《小河男孩》幻想了男孩从出现到游入大海的过程，《马提与祖父》虚构了祖父带着马提展开奇异旅程的过程，这些是我们很难想到的，最终当两位祖父安然离去时，杰西没有哭，马提也没有哭，作者为什么要这样写？

学生可以运用书中的语句加以表达。在交往和旅程中，两个孩子都逐渐接受了亲人离去的现实，懂得了生命的意义，他们不再恐惧，他们知道每个生命都会有一个美丽的结束，即使离去的家人无法陪在身边，但是爱永远都不会消失。

2.故事外的生活

同学们，你们有谁经历过亲人的离开？当时你是如何面对的？你的家人是如何处理的？

学生进行交流，持不同观点的学生可以开展一场小辩论。教师借此引导学生用哲学的眼光理解死亡。尊重、善待、珍爱生命，每个人的"活着"才会更有尊严和意义。

课后延伸：

重要章节改编剧本——演一演

次要人物对小说的意义——聊一聊

续编小说——写一写

同主题小说——读一读

推荐阅读：

《外公是棵樱桃树》　《屋顶上的小孩》

《獾的礼物》　　　　《光草》

《天蓝色的彼岸》　　《不老泉》